Dreaming of a better me
나는 좋은 어른이 되고 싶다

내가 길을 잃으니, 자식도 길을 잃더라
내가 바뀌니, 친구도 바뀌더라
내가 길을 찾으니, 벗도 길을 찾더라

나는 좋은 어른이 되고 싶다.

김규철 에세이

나는 좋은 어른이 되고 싶다

글누림

어른이 사라졌다. 어른이 길을 잃어버렸기 때문이다. 길을 잃었다는 것은 나의 길이 아닌 남의 길을 가는 것이다. 잘못된 길이다. 다른 말로 초심을 잃어버렸기 때문이기도 하다. 그럼에도 나는 좋은 어른이 되고 싶다.

니체는 인간 정신의 변화를 낙타, 사자, 어린이 세 단계로 나누었다. 낙타는 '노(No)'라고 말할 줄 모르는 복종하는 삶을 산다. 사자는 "아니, 난 이것을 하고 싶다"고 말할 줄 안다. 어린이는 목적도 목표도 없이 그냥 '지금, 이 순간'을 즐기는 스스로 돌아가는 놀이동산과 같다. 어린이는 정직하다. 생각과 말과 행동이 일치하기 때문이다. 초심이 살아있다. 그런 어린이도 시간이 지나면서 때와 장소 상황의 유불리에 따라 다르게 행동하기 시작하면서 못된 어른이 된다. 초심이 변질되기 때문이다. 이 또한 어찌할 수 없는 일이다.

사람들은 왜 맛집을 가고, 또 고집하는가? 한결같은 초심 때문이다. 20년 전 아버지와 함께 갔던 냉면집, 이제 아버지는 안 계시고, 아버지 생각이 나면, 도리 없이 그 냉면집을 찾아간다. 그곳의 냉면

맛은 지금도 그때 그 맛이다. 음식 맛이 같으니 그때 함께 냉면을 먹었던 돌아가신 아버지를 만날 수 있다. 초심이 수십 년 동안 지켜지고 있으니 최고 맛집이 되는 것은 당연하다. 한결같은 음식 맛은 아버지와의 추억의 맛도 되고, 친구와의 우정의 맛도 되고, 아내와의 행복한 맛도 된다. 우리에게 맛집이란 언제든 그때 그 맛, 그때 그 추억을 소환할 수 있는 타임머신 같은 곳이다. 초심은 마지막까지 처음처럼 하고자 하는 마음이다. 자기가 얻은 것보다 좋은 것을 남에게 주려고 애쓰는 마음이기도 하다. 길을 잃기 전 어른의 본래 마음과 같다.

어른이 되면서 대부분 초심을 벗어난다. 그렇게 작아지고 길을 잃는다. 지극히 정상이다. 몇몇 사람들은 기본기를 챙겨 다시 초심으로 돌아가려고 애쓴다. 가끔 성공하는 사람도 있다. 우리가 어른이라고 부르는 사람이다.

문제를 분명하게 알면 분명한 해결책도 나온다. 문제도 내 앞에 있고, 답도 내 앞에 있다. 아쉽게도 사람들은 '바로 내 앞에' 있는 문제는 보지 않고, 동떨어진 먼 곳만 바라보다가 실패한다. 지금 여기, 이 시간을 대하는 태도가 중요한 이유이다. 무엇이든 해야 하는 일이면 오늘 해야 하고, 하는 김에 잘해야 한다. 리듬을 갖고 놀고, 컴퓨터를 갖고 놀고, 공을 갖고 논다는 것은 잘한다는 말이다. 그러니 흔히 우리가 말하는 '노세, 노세, 젊어 노세'라는 말은 '잘하세, 잘하세, 젊어서 잘하세'라는 말이다. 잘하기 위해서는 "만 가지 킥을 구사하기보다 한 가지 킥을 만 번 연습해야 한다"는 이소룡의 조언을 기억해야 한다. 이미 일상이 되어 듣기에 말랑말랑한 워라밸은 사실은 오늘을 치열하게 살아가는 사람만 누릴 수 있다. 코앞에 있는 일엔 최선을 다하지 않으면서, 꿀 빠는 다음 일을 생각하는 사람에겐 그림의 떡이 워라밸이다.

우리가 본받으려는 어른은 자신의 초심(original intention)에 맞게 말하고 행동한다. 결코 찌질하게 남의 의견, 남의 눈치 뒤에 숨지 않았다. 우리가 흔히 어떤 문제 해결이 독창적(originality)으로 이루어졌다고 찬사를 보낼 때는 문제의 본래(original) 초심을 고스란히 담아냈을 때다. 혁신도 변화도 초심이 만든다. 그래서 초심은 내가 '하고 싶은 말'이 아니라, 문제 해결을 위해 '꼭 지켜야 하는 말'이다. 혁명이 번갯불에 콩 볶아먹듯 어느 날 순식간에 일어나는 돌발적인 사건처럼 보인다고 해서 느닷없이 생겨나는 것은 아니다. 인간의 초심이 쌓이고 쌓여 어느 날 일거에 터져 나온 것뿐이다.

'조지오웰'은 기본을 말했다. 그는 사기, 속임수, 기만, 가짜뉴스, 음모 등 온갖 나쁜 수단들이 판치는 세상에서는 사실을 말하는 것만으로도 혁명이 된다고. 그렇다. 혁명은 단순하다. 사실을 말하는 것으로 충분하고, 사실을 알아보는 기본만으로도 충분하다. 마치 언론의 본분인 사실을 말하는 것만으로도 최고의 언론이 되는 것처럼,

어른이 어른의 본분을 다하는 것만으로 본받고 싶은 어른이 된다. 그야말로 군군신신부부자자(君君臣臣父父子子)이다. 어떤 분야든 혁명에 이르는 길은 분야마다 '해야 할 본분'을 충실히 하는 기본기에 있다. 기본기가 충실하면 우연히 찾아오는 기회(chance)든, 내가 만들어 가는 기회(opportunity)든 다 잡을 수 있다. 실패한 인생에는 실패가 없고, 성공한 인생에는 실패가 많다. 그러니 실패하는 자 성공할 것이고, 실패하지 않는 자 실패할 것이다. 성공을 꿈꾼다면 실패의 단순 반복이 아니라 최선을 다한 더 나은 실패를 반복해야 한다. 그래야 좋은 어른이 된다.

하고 싶은 일을 하여 자유를 얻고, 지금 하는 일을 좋아하여 일상이 행복했으면 좋겠다. 후배, 친구, 선배와 함께 초심에 대해, 기본에 대해, 서로에게 묻고, 답하고, 어울리며 살고 싶다. 그렇게 좋은 어른이 되고 싶다.

누구나 천당에 가고 싶어 하지만 지금 당장 가겠다는 사람은 없다. 천당보다 이승이 더 좋다는 증거다. 누구나 진리를 찾고자 하지만 자기의 허리는 굽히려 하지 않는다. 겸손하지 못한 것이다. 진리는 우리 일상에 넘쳐난다. 그러나 많은 사람이 진리를 머리로만 알았지, 가슴으로 새기지 못하고, 또 실천하지 않으므로 진리는 어디에도 없다. 진리가 없는 곳에서 있다고 착각하고, 진리를 모르면서 안다고 착각하니 오히려 독에 취한 것과 같다.

‘아큐정전’을 쓴 중국의 대문호 루쉰은, 사람을 무는 개가 물에 빠지면 때려잡아야 한다고 말했다. 미친개에게 어설픈 페어플레이 정신을 말하는 것은 악인과 손잡는 것이고 악인을 도와주는 것이라 한 것이다. 한나 아렌트의 ‘악의 평범성’은 악한 의도가 없는 평범한 사람들이 생각 없이 저지르는 평범한 일들이 바로 악의 동조자가 될 수 있음을 직격한 말이다.

　정치에 무관심한 사람은, 자기 인생에 무책임한 사람이다. 아무리 ‘나는 정치에 관심 없다’고 호기롭게 말해도, 아니면 반대로 벗어나려고 발버둥 쳐도 인간은 태어난 그 순간부터 정치적이기 때문이다. 호모사케르가 무엇인가? 정치적으로나 법으로 보호받지 못하는 인간이다. 오늘의 자본주의를 살아가는 대중들은 모두 호모사케르에 불과하다. 현대인의 마음 병은 칠정(七情)을 자연스럽게 표현하지 못하는 것에서 비롯된다. 대체로 순간의 모면을 위해 자유보다 자발적 복종을 택한다. 자발적 복종엔 자유가 없다. 자발적 복종에 익숙해지면 타자의 삶을 살게 된다. 작은 잘못을 감추기 위해 거짓말을 시작하면 그 거짓말을 숨기기 위해 더 큰 거짓말을 하게 된다. 순간의 모면을 위해 복종을 시작하면, 그다음엔 더 큰 복종을 해야 한다.

　농담의 기준은 농담하는 나도 즐겁고 농담을 듣는 상대방도 즐거운 것이다. 세상살이가 아무리 힘들어도 서로가 서로에게 즐거운 농담을 건네며 희희낙락하며 살 수 있으면 좋겠다. 그렇게 좋은 어른이 되고 싶다.

＊＊＊

나는 지난 20여 년 동안 한 달에 1~3개의 글을 써왔다. 그 글들은 내 아둔한 생각들을 바로잡는 데 큰 도움이 됐다. 여기 실린 글들은 대한경제신문, 충북참여연대, 청주사회복지협의회 등에 지난 5년간 기고한 글이다. 그중 평상시 내 생각이 잘 담겨있다고 생각되는 글을 골라 수정 보완하여 3부로 나누었다. 1부에는 기본, 2부는 현실 문제, 3부는 미래 희망을 바라는 생각을 모았지만, 그 구분이 뚜렷하지는 않다. 어쨌든 좋은 어른이 되고 싶은 마음은 간절하다.

끝으로 미흡한 저의 글을 출판해 주신 글누림출판사 최종숙 대표님께 감사드린다. 특히 이태곤 편집이사님, 안혜진 팀장님, 임애정 편집자님께서는 미진한 원고를 꼼꼼히 살펴 번듯한 책으로 만들어 주셨다. 큰 빚을 졌다.

2024.06.

김규철

차례

3부 ——— 혁명은 사실만으로 충분하다

1부

스승에게 제·자·가· 물었다

스승에게 제자가 물었다

스승에게 제자가 물었다. "스승님, 다들 진리는 어디에나 있다고 합니다. 그렇다면 길바닥의 돌멩이처럼 흔합니까?" 스승이 대답하길, "그렇다. 돌멩이와 같아서 누구나 주울 수 있다." "사람들은 왜 그걸 줍지 않습니까?" 스승이 말했다. "진리의 돌멩이를 줍기 위해서는 허리를 굽혀야 한다. 그러나 사람들은 허리를 굽히지 않는다." 법구경(비유경).

신부님이 강론 중에 신도들에게 말했다. "지옥 가고 싶은 분 손들어 보세요." 아무도 손을 들지 않았다. "그럼, 천당 가고 싶은 분 손들어 보세요." 모두가 손을 들었다. 이곳에 계신 분들은 천당이 좋으신가 봅니다. "그러면 지금 바로 천당에 가고 싶은 분은 손들어 보세요." 아무도 없었다. "그러니까 결국 천당보다 지금이 낫다는 말이네요. 그러니 '지금' 잘 삽시다. 지금 '이곳'이 천당보다 더 나은 곳이니까요."

앞의 두 내용을 이해 못 하는 사람은 없을 것이다. 쉬우니까. 그럼에도 깨우침은 강렬하다. 쉽게 말하는 것은 그것 자체로 아이디어이고 능력이다. 코닥의 엔지니어 '스티븐 세손(Steve Sasson)'은 '아저씨, 필름이 무엇이에요?'라는 유치원생의 질문에 '필름이 필름이지 무엇이냐니?'라며 순간 당황했을 터이지만, 유치원생에게 '세상의 이미지를 담는 그릇'과 같은 것이라 설명해 주었다. 필름은 '투명물질인 셀룰로이드나 폴리에스테르 등에 감광제를 칠한 물건 또는 이것을 노출, 현상한 음화(陰畵)'라는 어려운 말 대신, 유치원생이 이해할 수 있는 말로 바꾼 것이다. 아마도 유치원생은 '아하! 그런 것이군요, 고마워요, 아저씨'라며 고마움을 표시하고 딴 곳으로 촐랑촐랑 뛰어갔을 것이다. 세손은 이 질문을 계기로, 카세트테이프는 '세상의 소리(음악)를 담는 그릇'이라고 생각할 수 있게 되었다. 그렇다면? 카메라 렌즈에서 나온 이미지가 꼭 필름이라는 그릇으로만 가야 되는 것은 아니지 않나? 같은 그릇이니까 이미지를 카세트테이프라는 그릇으로 보낼 수도 있지 않을까? 라고 생각이 발전하게 된다. 그 후 몇 달 만에 그는 디지털카메라를 만들었다. 이것이 1975년의 디지털카메라의 탄생 배경이다.(코닥은 디지털카메라를 최초로 발명했지만, 여러 이유로 주도권을 잡지 못했다.)

필름을 누구나 쉽게 이해할 수 있는 말로 설명하는 과정을 통해 디지털카메라가 만들어졌다. 이처럼 빅 아이디어는 내가 쓰는 전문용어를 누구나 알아들을 수 있는 일상용어로 바꾸는 과정만으로도 얻을 수 있다. 이것을 학문용어로는 '영역특정 전문용어를 영역일반 보편언어로 바꾸는 과정'이라고 한다.

일반인의 천진난만한 질문은 대부분 전문가에겐 너무 당연한 이야기지만 일반인(상대방)의 언어로 설명하기는 어렵다. 지금 한번 해보시라. 나에겐 너무 당연한 전문내용을 일반인이 알아들을 수 있는 쉬운 말로 바꿔보시라. 그 과정만으로도 기존의 틀을 벗어나 새로운 관점을 얻는 기회가 된다. 실제로 아인슈타인은 연구가 막히면 대학교 1학년 강의나 시민 강좌에 참여했다고 한다. 그 강좌를 통해서 자신이 그동안 간과했던 질문을 찾아내고, 자신이 당연하다고 생각했던 것에 대해 본질적인 질문을 다시 할 수 있었기 때문이다. 여기서 본질과 독창성이 한 뿌리임을 알 수 있다. 실제로 본질(original)과 독창성(originality)은 같은 어원, 같은 뜻이다. 독창성은 본질을 벗어나지 않는다. 본질을 벗어나거나 훼손된 아이디어에서 우리는 독창성을 느끼지 못한다. 그건 그냥 동문서답이다. 자다가 남의 다리 긁는 것이다. 오답이 새로운 발상의 계기가 되는 경우가 가끔 있지만 극히 드물다. 그 드문 가능성을 위해 오답도 기회의 답이라고 우기는 것은 우물가에서 숭늉 찾겠다는 것과 마찬가지다. 대부분 실패는 독창성이 본질을 벗어나지 않는다는 것을 무시할 때 경험한다.

생각해 보자. 우리가 노래를 들을 때, 누군가가 부르는 노래의 첫 소절만으로도 그 사람이 노래를 잘 부르는 사람인지 아닌지 알 수 있다. 노래를 잘 부르는 사람일수록 기본을 철저하게 지킨다. 기본을 갖고 노는 것이다. 우리는 그때 감동한다. 기본을 지킬 수 있으면, 늘이고, 줄이고, 생략하고, 반복하는 아름다운 변주가 가능하다. 그렇게 클라이맥스를 만들어 낸다. 만약 기본을 벗어나면? 일반사람들도 곧바로 알아챈다. '오! 신선한데?' 했다가도 이내, '이상해! 이게 뭐야? 왜 이래?' 등으로 실망한다. 갑자기 하수로 취급받게 되는 것이다.

잊지 마시라. 쉽게 말해야 한다. 그것은 상대방이 알 수 있게 말하는 것이 쉽게 말하는 것이다. 상대방이 알아듣도록 말하는 것이 쉽게 말하는 것이다. 그러면 공감의 폭이 넓어진다. 공감의 폭이 넓어지면 서로 보듬을 수 있다. 무엇보다 내가 좋고 상대방도 좋다. 서로 생기가 넘치고 가슴에 희망을 담는 그릇이 생긴다. 쉽게 말하는 것이 희망을 담는 그릇이 되는 이유다. 희망을 담는 그릇은 쉽게 말하는 데서 시작된다.

니체는 그의 책
〈짜라투스트라는 이렇게 말했다〉에서

니체는 그의 책 〈짜라투스트라는 이렇게 말했다〉에서 정신의 세 가지 변화에 대해 말했다. 그 세 가지 변화는 인간이 참된 자기가 되는 정신적 변화 단계를 말한다. 니체는 육신을 인간존재의 근본으로 보지만, 인간존재의 자각적 기능의 근본을 정신에서 찾으려고 한다. 따라서 세 가지 변화는 자기 인식이 깊어지는 낙타 단계를 지나, 자유가 실현되는 사자 단계에 진입한다. 이 단계는 객관적 인식이 아니라 주체적 인식 생성의 단계다. 그리고 정신과 육체(인식과 삶)가 참된 자기로서 마지막으로 통합된 어린이 단계로 이행된다. '어린아이'는 정신 변화의 마지막 단계이면서 인간의 목표이다.

즉, 한 인간의 의식이 '어떻게 낙타가 되고, 그 낙타는 어떻게 사자가 되고, 그 사자는 또 어떻게 어린아이가 되는가?'에 대한 것이다. 말이 구분이지 이는 인간 의식의 3단계 진보 과정이라고 해도 되고, 인간의 세 가지 등급이라고 말해도 틀리지 않다. 이런 니체의 주장에 세상은 열광한다. 그의 주장은 꽤 근사한 것 같은데, 잘 봐줘야 낙타도 제대로 못되고 헤매고 있는 어중간한 나의 입장에서 보면 솔직히 우울하다.

낙타의 삶은 복종할 줄 아는 삶이다. 낙타는 인간 의식의 형성 단계이다. 낙타는 짐을 나르는 짐승이고, 기꺼이 노예처럼 일하며, 그는 "노(No)"라고 말할 줄 모른다. 낙타의 정신으로 살아가는 인간은 '나는 ~해야 한다'를 당연하게 생각하며, 남이 짐을 싣도록 자신의 등을 내어준다. 인내심이 강한 낙타는 무릎을 꿇고 자신이 견딜 수 있을 만큼 잔뜩 짐을 싣고 사막을 통과한다. 낙타의 의식 속에는 "너는 마땅히 이것을 해야만 한다"고 말해주는 '누군가'를 필요로 한다. 낙타는 자신을 믿지 못하기 때문이다. 그는 추종자이며 충실한 노예에 불과하다. 그는 용기와 영혼이 없으며 자유에 대한 열망도 없다. 그는 다만 복종할 뿐이다.

다음 단계인 사자의 삶은 인간의 정신 성장단계다. 그는 부정할 수 있는 단계이다. 혁명가이다. 혁명의 시작은 '노'라고 말하는 데서부터 시작된다. 이 '노'라는 말은 신성하다. 사자는 낙타처럼 '나는 ~해야 한다'고 생각하지 않는다. 사자는 '나는 ~하고 싶다' 혹은 '나는 ~할 것이다'라고 외치며 스스로 사냥하는 삶을 살아간다. 사자는 자유를 열망하여 모든 구속을 깨고자 한다. 사자는 어떠한 지도자도 필요로 하지 않는다. 그는 자신만으로도 충분하다. 그는 다른 사람이 자기에게 "너는 마땅히 ~해야만 한다"고 말하는 것을 용납하지 않는다.

우리는 당연히 낙타가 아닌 사자로 살아가야 한다. 낙타에서 사자가 되는 것이 정신(의식)의 첫 번째 변화 즉 최초 진화이다. 사자는 모든 사슬에서 벗어나려는 엄청난 노력과 책임을 뜻한다. 그러나 사자조차도 인간의 정신 성장의 최고점은 아니다.

인간 정신 성장의 최종단계는 어린아이가 되는 것이다. 어린아이의 삶은 자유로운 삶이다. 인간 정신의 두 번째 진화이면서 마지막 진화이다. 어린아이는 순진무구하고 쉽게 망각한다. 어린아이에게 지난번이란 없다. '지금, 여기'에서 온 힘을 다해 재미있게 노는 것이다. 그들에겐 목적도 없고 목표도 없이 늘 새로운 출발을 한다. 그들은 스스로 돌아가는 수레바퀴와 같다. 어린아이는 복종하거나 거부하지 않는다. 좋은 것은 좋다 하고, 싫은 것은 싫다고 한다. 맞는 것은 맞다고 하고, 틀린 것은 틀렸다고 말한다. 그것은 자신에 대한 순수한 신뢰이다. 그것은 존재와 삶, 그리고 삶이 포함하는 모든 것에 대하여 신성하게 "예스(Yes)"라고 말할 수 있는 것이다. 어린아이는 순수함과 진실함, 수용성 그리고 존재에 대한 개방성의 정점이다. 이 상징들은 매우 아름답다. 어린아이가 될 때 비로소 인간 정신은 최상의 자유를 누릴 수 있다.

인간은 대부분 낙타다. 나의 뇌피셜로 보면, 인간의 99%는 낙타로 살아가고 있고, 0.01% 정도가 사자일 수 있고. 그리고 0.0001%가 어린이로 살아가는 사람이 있을 뿐이다.

생각해 보자, 이 세상 거의 모든 사람들은 다른 사람이 원하는 일을 해주면서 밥을 먹고 산다. 낙타의 삶을 산다. 그것이 삶의 기본이다. 나쁜 삶이 아니다. 사람들 대부분이 나의 생존을 위해서거나, 내 가족의 생존을 위해서거나, 아니면 나의 친구를 위해서, 국가를 위해서 내가 하고 싶지 않더라도 꾹 참고 그 일을 하면서 산다. (자신이 하고 싶은 일만 하면서 사는 사람은 거의 없다) 그런 측면에서 보면 낙타의 삶이야말로 실로 인간 보편의 삶이다. 어쩌면 낙타의 삶은 노예가 아니라, 인간이기 때문에 남의 힘든 짐을 져주는 삶이 아닌가 싶다.

사람들이 원하는 사자의 삶이나, 어린아이로 살아가는 삶은 낙타의 삶을 충실히 살았을 때 그 결과로 가까워지는 삶이라는 생각이 든다. '느리게 살자'는 말이 우리에게 깊게 다가오는 것은 우리가 바쁘게 살아보았기 때문이다. 바쁘게 살아보지 않은 사람은 느리게 사는 것이 얼마나 여유로운 삶인 줄 모른다. 마찬가지로 낙타의 삶을 제대로 살아보지 못한 사람은 사자의 삶도, 어린이의 삶도 얼마나 소중한지 모른다. 자유로운 삶의 소중함을 모르는 것이다.

그렇게 보면 인간은 낙타와 같은 삶을 살아가고 있다. 어쩌다 가끔 사자가 출현하고, 또 전 인류사에서 몇 명의 어린아이가 돌연변이로 나타나 세상을 바꿀 뿐이다. 분명한 사실은 모든 사자와 어린아이는 반드시 낙타 중에서 만들어진다는 것이다. 예외는 없다. 그것은 내가 그렇게 하고자 하는 것이 아니라 남이 그렇게 인정해 주는 것이다. 그러니 사자도 좋고 어린아이도 좋지만, 제대로 된 낙타로 살아갈 수 있는지, 혹은 살아가느냐가 더 시급하다. 꿈은 이루어질 수도 있고 이루어지지 않을 수도 있다. 꿈은 이루어져서가 아니라 꿈이 있어서 좋은 것 아니던가. 꿈꾸는 동안은 행복하지 않았던가.

정직해라

정직해라. 정직은 생각과 말을 일치시키는 것이다. 말과 행동을 일치시키는 것이기도 하다. 때와 장소 상황의 유불리에 따라 말을 바꾸는 것은 정직이 아니다. 아는 것을 안다고 하고 모르는 것을 모른다고 하는 것이 정직이다. 고마울 땐 고맙다고 하고, 미안할 땐 미안하다고 하는 것도 정직이다. 특히 미인하디고 사과해야 할 때 사과하는 것은 자신감 넘치는 리더십의 표상이라고 사과전문가 존 기도(John Kador)는 주장한다.

사람의 타고난 성격은 바꾸기 어렵지만, 성품은 바꿀 수 있다. 좋은 성품은 정직에서 나온다. 솔직하게 자기를 표현하고 남들과 협동하고 소통할 수 있는 능력이 좋은 성품이다. 정직함은 삶의 중요한 역량이다. 정직함은 생존력이고, 경쟁력이고, 성공 요인이다. 정직하지 않으면 어떤 성격을 갖고, 어떤 능력이 있어도 소용없다. 단기적으로는 성공하는 것 같지만 결국 버림받는다. 정직하지 않은 사람이

'음모·모략·이간질·아첨'으로 사회에 문제를 일으킬 때 사회는 가차 없이 내쫓는다.

　행동경제학자들의 '공공재 게임(public goods game) 연구에서 정직성이 높은 집단이 낮은 집단보다 25% 정도 더 많은 이득을 보는 것으로 나타났다. 정직한 사람들로 구성된 사회가 부정직한 사람들로 구성된 사회보다 더 효율적으로 작동한다는 걸 보여주는 심리학 실험이다. 'H팩터의 심리학(이기범 외)'에 보면 정직한 사람들이 만드는 이상사회(Hutopia)의 특성이 나온다. ① 민주적이고 완전한 자유가 보장된다. 시민의 기본권이 침해되지 않고 권력은 분산되어 있다. ② 다같이 잘사는 것을 이상으로 추구한다. 빈부 차이가 낮고 학력, 직업, 귀천 등으로 계층을 나누지 않는다. ③ 윤리적 행동에 대한 확실한 기준이 사회의 법에 잘 반영되어 있다. 검찰과 경찰이 자의적 권력으로 처벌을 가혹하게 적용하지 않는다. ④ 자비로운 사회다. 남을 지배하기보다 협력하기를 원하고, 서로 강한 믿음과 가치를 공유한다.

　실직한 가난한 부부가 있었다. 어느 날 저녁, 아들이 보채어서 쇼핑몰에 갔다가 장난감 무더기에서 현금이 들어있는 폴더를 발견했다. 그 돈을 가질까 고민했지만, 이내 그 돈을 경찰서에 갖고 가서 주인에게 돌려주었다. 마침 경찰서에 있던 방송국 기자가 이 광경을 목격하고 저녁 뉴스에 방송했다. 부부의 정직함을 많은 사람이 알게 되었다. 한 독지가는 경찰서에 찾아와 부부가 찾아준 돈 만큼인 2,400달러짜리 수표를 전달했고, 한 부동산 회사는 부부에게 자립할 때까지 작은 아파트를 무료로 제공했고, 자재 창고는 부부에게 일자리를 제공했다. 그들은 "일 잘하는 사람은 많지만, 옳은 일을 할 것이라고 믿을 수 있는 사람을 원한다"고 했다. 정직이 만든 기적이다.

한국에서 미국으로 이민 간 한 전직 교사는 말이 통하지 않아 세탁소를 차렸다. 그는 새벽부터 저녁까지 힘들게 일했다. 어느 날 다림질을 하다가 양복바지 안에서 1,000달러를 발견했다. 큰돈에 잠시 마음이 흔들렸지만, 그 돈을 손님에게 돌려주었다. 손님은 이에 감동하여 이미 자기 돈이 아니라며 그 돈을 세탁소 주인에게 다시 돌려주었다. 훈훈한 미담은 뉴욕 타임스에 소개되었고, 정직한 세탁소라고 소문이 나면서 일거리가 늘어나 종업원이 20명이 되었다. 뉴욕에 본사를 둔 항공사 부사장이 세탁소를 직접 방문해서 "우리 비행기에서 나오는 모든 세탁물을 맡길 테니 정직하게만 일해 달라"고 했다. 항공사 세탁 일을 하게 되면서 직원이 700명이 넘는 거대한 세탁소 기업으로 성장했다고 한다. 정직이 만든 비즈니스다.

정직한 설렁탕집 일화도 있다. 장사가 잘되지 않는 설렁탕집을 인수했다. 사장이 어느 날 주방에 들어가 보니 주방장이 국에다 프림을 넣는 것을 보고, 주방장에게 이유를 물었다. 주방장은 "프림을 넣어야 뽀얀 국물을 낼 수 있다"고 하면서 대수롭지 않다는 표정으로 계속해서 프림을 넣고 있었다. 사장은 그 자리에서 주방장을 해고하고, 솥단지에 있는 국물을 모두 버린 다음 "재료가 좋지 않아 오늘 하루는 부득이 휴업합니다."라고 가게 앞에 써 붙였다. 다음날부터 좋은 재료를 써서 장사를 시작하였는데 맛이 좋다고 소문이 나서 나날이 장사가 번창하였다. 맛이 좋다고 소문이 나자 멀리서 일부러 찾아오는 이들이 많았기 때문이다.

다산의 목민심서 율기(律己) 편에, 관리가 스스로 청렴함을 지키기 위한 6가지 방법이 적혀 있다. ① 몸가짐을 바르게 하라 ② 마음가짐을 깨끗이 하라 ③ 집안을 바르게 다스려라 ④ 사사로운 손님은 물리쳐라 ⑤ 절약해서 써라 ⑥ 은혜를 베풀어라. 청렴은 정직해야 가능하다. 다산이 강조한 청렴 정신이 국가를 다스리는 지도자에게만 해당하는 것은 아니다. 보통 사람에게도 해당한다. 공적인 일은 물론이고 동네 동아리 모임에서라도, 친구, 선배, 후배, 동창, 친척, 동향 등으로 조금씩 봐주기 시작하면 청렴과도 멀어지고 정직과도 멀어진다. 패거리 문화의 끝판왕이 되어버린다. 나라도 망하고, 모임도 망한다.

영국 속담에 "정직이 최상의 방책이다"가 있고, "하루를 행복하게 살려면 이발소에 가고, 일주일을 행복하게 살려면 결혼해라. 한 달을 행복하게 살려면 말을 사고, 1년을 행복하게 살려면 집을 사라. 그러나 평생을 행복하게 살고 싶다면 정직한 사람이 되라."는 속담도 있다. 정직하기가 쉽지 않지만 남 앞에 서는 지도자는 무조건 정직해야 한다. 무조건이다.

기회에는 두 가지가 있다

기회에는 두 가지가 있다. 어느 날 우연히 찾아오는 기회(chance)와, 나의 노력으로 필연으로 만들어 가는 기회(opportunity)이다. 둘은 다르다. 준비되어 있지 않으면 우연히 나를 찾아온 기회(chance)를 받을 수 없고, 평소에 꾸준히 노력한 결과가 없으면 눈앞에 보이는 기회(opportunity)를 잡을 수 없다. 하나는 우연이고 하나는 필연이지만 알고 보면 둘 다 필연이다. 누구에게나 기회는 온다. 그 기회를 내 것으로 만드느냐 못 만드느냐 하는 것은 전적으로 나의 준비와 노력에 달려있다. 세상을 탓해 봤자 소용없다.

흔히들 살면서 '인생 뭐 있나? 별거 없다. 적당히 해라'는 말을 자주 한다. 이 말엔 너무 아웅다웅 욕심부리지 말라는 뜻과 안 되는 것은 포기하라는 체념의 두 의미가 들어있다. 반은 맞고 반은 틀린다. 우주의 관점에서 보면 100년 남짓한 사람의 인생은 먼지보다도 짧은 순간이겠지만, 나의 관점에서 보면 100년은 긴 시간이다. 나의 전부인 시간이다. 결코 먼지도 아니고, 먼지 같은 시간도 아니다. 나의 역사와 인생이 만들어지는 기회(가능성)의 시간이다. 인생? 뭐 있다!

내가 없으면 우주도 없다. 내가 죽고 나면 나의 우주도 사라진다. 그러니 내가 없는 우주 따위가 어떻게 되든 바꾸려고 헛고생하지 말고, 바꿀 수 있는 내 마음부터 챙길 필요가 있다. 남의 마음을 바꾸는 것보다 내 마음 바꾸기가 훨씬 쉽다. 내 마음을 바꾸면 오늘이 재미있고, 생기가 생기고, 새로운 기회도 만난다.

도처에 우주(세상)를 구하겠다고 껄떡대는 인간은 많은데, 자신을 구하겠다는 인간은 드물다. 이런 부류의 인간들은 대개 폼만 잡고 마는 자들이다. 괜히 남 탓이나 하면서 사사건건 발목 잡는 자들이다. 정치꾼들의 전매특허이기도 하다. 그들은 나라가 어려울수록, 국민이 어려울수록 자신들의 비겁함을 맘껏 발휘했다. 코로나19 때도 그랬다. 그들은 내가 바뀌면 세상이 바뀐다는 것을 모르거나, 알지만 일부러 외면한다. 투명하고 옳은 세상이 되면 그들은 나쁜 짓 해 먹기가 곤란하기 때문이다. 하긴 세상을 어지럽히는 것이 그들에겐 기회를 만드는 일이긴 하다.

내가 싫어하는 말 중에 '인생은 짧고 예술은 길다'라는 말이 있다. 세상 물정 모르는 헛소리로 들리기 때문이다. 예술은 오래가고 인생은 길어야 100년 정도인 것은 맞다. 그럼, 나보고 지금 하던 일

때려치우고, 길쭉한 예술가가 되는 것이 의미 있는 삶이라는 말인가? 그러면 밥은 누가 먹여주나? 소는 누가 키우나? 예나 지금이나 공짜로 밥 먹여주는 곳은 없는데. 예술 좋은 거 누가 모르나.

인생은 짧고 예술은 길다고 한 사람은 그리스의 '히포크라테스(의학의 아버지)'다. 과연 그는 예술에 얼마나 조예가 깊었을까? 추측하건대 나는 별로 없었을 것이라고 본다. 주위의 의사들을 보면 예술을 즐길 여유가 없어 보인다. 너무 바쁘고 힘들기 때문이다. 물론 예외는 있지만. 의사의 소명은 환자를 살리는 것이다. 그러기 위해서는 의술 공부가 필요하다. 공부가 부족해 환자를 살리지 못하면 환자들은 의사를 외면할 것이다. 의사에게 의술 공부는 환자를 살리기 위해서 갖추어야 할 기본이다. 또한 밥을 먹기 위한 도구이기도 하다.

그리스 시대 당시 art의 의미는 기술(테크네, techne)이었다. 지금 우리가 말하는 예술이 아니었다. art라는 말이 요즘의 예술이라는 의미로 쓰이게 된 시기는 18세기 이후부터였다. art가 처음 현재의 '예술'이라는 의미로 사전에 최초로 등재된 해가 1786년이었으니까. 겨우 230여 년 전에 예술은 정식으로 태어났다고 봐도 된다. 그리스 시대 때는 예술이라는 개념 자체가 없었다. '인생은 짧고 예술은 길다.'에서 예술(art)은 오역이거나 오해다. '기술(art)'을 요즘 사람들 마음대로 '예술(art)'이라고 생각한 것이다. 의사에게 기술은 사람을 살리는 의

술이다. 그러므로 '인생은 짧고 예술은 길다'라는 말은 '인생은 짧은데 익혀야 할 의술 공부는 끝이 없다'이니, 의사로서 먹고 살기 위한 기회를 잡기 위해 해야 할 공부가 너무 많다는 정도로 이해하면 되겠다. 어쨌든 의사는 병에 대한 지식을 많이 습득하는 것도 필수이지만 환자를 살릴 수 있는 기술 연마도 필수이다. 그래야 의사의 소명을 다할 수 있다. 그것이 의사에게 주어지는 모든 기회의 시작점이라 할 수 있을 것이다.

뉴노멀(New normal)의 시대는 새로운 세상과 도전을 재촉하고 있다. 그 과정에서 우연히 내게 다가오는 기회도 있을 것이고, 내 의지로 기회를 잡을 수도 있을 것이다. 평상시 자신을 키우는 꾸준한 루틴으로 생활했다면 기회가 내 앞으로 다가올 것이고, 또는 내가 손을 뻗으면 잡힐만한 곳에 있을 것이다. 우연히 찾아오는 기회와 나의 노력으로 만드는 필연적인 기회는 어쩌면 우연이든 필연이든 둘 다 필연이라는 생각이 든다. 아무리 기회가 찾아와도 내가 그것을 감당할 능력이 없으면 기회는 왔다가 그냥 딴 곳으로 가버릴 테니까. 각자가 오늘부터 작은 목표 몇 가지를 세워 실천하면 우울함도 떨치고 삶의 생기도 찾을 수 있지 않을까 싶다. 누가 뭐래도 인생은 기~니까.

일과 생활의 균형을 맞추는 삶

일과 생활의 균형을 맞추는 삶, 워라밸(Work-life balance). 얼마나 좋은 말인가? 그러나 이제 막 일을 시작하는 젊은 층이 지금 당장 워라밸을 실행에 옮긴다면, 얼마 지나지 않아 직장에서 잘리게 될지도 모른다. 아니 잘릴 것이다. 장담한다. 물론 당신이 1%에 속하는 능력자라면 모르겠으나 1%에 속하지 않는 평균적인 사람이라면 말이다. 워라밸로 살고 싶은 젊은 층이라면 지금 하는 일, 바로 코앞에 있는 일을 잘해야 한다. 작은 일이든 큰일이든, 쉬운 일이건 어려운 일이건, 생색나는 일이건 생색나지 않는 일이건, 잔머리 굴리지 말고 최선을 다해 잘해야 한다. 가성비나 가심비 따위는 따지지 말고. 그렇게 했는데도 지금 하는 일이 싫다면 그날로 회사를 떠나면 된다. 그러면 '직장은 어떻게 하냐고? 요즘 취직하기가 얼마나 어려운데'라고 볼멘소리를 낼지 모른다. 걱정하지 마라. 당신이 갈 곳은 많다. 그것도 너무 많다. 왜? 당신은 지금까지 열심히 일했고 잘했으므로 당신을 필요로 하는 곳은 널려 있다. 당신에게 맞는 곳을 찾아가기만 하면 된다.

'느리게 산다는 것의 의미'(피에르 쌍소)라는 책이 있다. 솔깃한 내용이다. 코로나19가 가져온 사회적 거리 두기 덕분에 20년 만에 다시 꺼내 읽었다. 우리에게 완전한 휴식은 불가능하다. 편안히 쉬고 있는 순간에도 심장은 하루에 18만 번을 뛰고, 8,600리터(15톤)의 피를 실어 나른다. 나의 몸은 하루에 12,000리터의 공기를 필요로 한다. 그저 조용히 세상을 바라보고만 있어도 속눈썹은 하루에 11,500번이나 깜빡거린다. 우리의 신체 기관은 일하기를 멈추지 않는다. 잠자는 동안에도. 휴식이 필요하다. 워라밸이 필요하다.

'느림'은 개인의 성격 문제가 아니라, 삶의 선택에 관한 문제다. 느림이라는 태도는 빠른 박자에 적응할 능력 없음을 의미하지 않는다. 오히려 그 반대다. 느림이라는 태도는 시간의 재촉에 떠밀리지 않고, 시간의 노예가 되지 않겠다는 단호한 결심에서 나오는 것이다. 또한 사는 동안 나 자신을 잃어버리지 않을 수 있는 능력과, 세상을 받아들일 수 있는 능력을 키우겠다는 확고한 의지에서 비롯되는 것이다.

느림은 민첩하지 못하고 둔감한 기질이 아니라, 우리의 작은 행동 하나하나가 다 중요하며 소중함을 아는 것을 의미한다. 나만의 시간을 가져보기, 신뢰하는 사람의 말에 집중해 보기, 사소한 일들의 소중함과 애정 느껴보기, 꿈꾸기, 희미해진 마음의 고향 발굴하기, 진실이 자라날 수 있도록 마음의 소리를 글로 써보기, 술의 지혜에 빠져보기. 그 시간들을 절제보다는 아끼는 태도를 통해 느림의 평안함을 가져보라고 저자는 편하게 말한다. 틀린 말은 아니지만 하나같이 쉽지 않은 일들이다.

그렇게 보니 '느리게 살기'는 오히려 치열하게 살기를 요구하고 있었다. 빠른 현실에서 느리게 산다는 것은 기존의 많은 것들을 다르게 생각하고 바꾸어 행동해야 하기 때문이다. 힘이 없으면 힘을 뺄 수 없듯이, 치열하게 살지 않으면 느리게 살 수 없다. 결국 느리게 산다는 것은 최선을 다한 사람만 누리는 특혜였다. 일과 삶의 균형이 필요하다는 말이 달콤하고 멋있다고 속뜻까지 말랑말랑한 것은 아니다. 워라밸은 치열하게 사는 삶이다. 워라밸의 삶은 내가 선택하고 책임지는 것이지, 남의 인정을 구하는 삶이 아니다. 스스로 오늘을 힘껏 꾸준히 살아가면 워라밸은 어느새 내 옆에 따라와 있겠지만, 그저 내가 원한다고 아무 때나 딸 수 있는 과일 같은 것이 아니다.

어쨌든 워라밸은 현대인의 꿈이다. 꿈은 이루어진다고 하지만, 대부분의 꿈은 이루어지지 않는다. 꿈은 이루어지지 않아서 꿈이지, 이루어져서 꿈이 아니다. 사실 꿈은 이루어지지 않아도 상관없다. 꿈꾸는 동안은 행복하니까. 꿈을 가졌던 것만으로 꿈은 이미 제 할 일을 다 한 것이다. 물론 이루어지면 더욱 좋겠지만.

후회 없는 삶은 없다. 후회가 없다면 깡통 인생을 산 것이라고 나는 믿고 산다. 후회하는 삶, 그것이 사람의 인생이다. 그러니 살면서 나중에 후회할 일 많이 만들어 보는 것도 괜찮은 삶이다(여기서 후회란 최선을 다한 후회다. 오해하지 마시라). 후회할 것도 없는 밋밋한 인생, 뭐가 그리 재미있고 행복할까.

지금 필요한 것은 '어떻게 하면 지금 하는 이 일을 오래도록 행복하게 할 수 있을까?'이다. 그러니 지금 하는 일은 일단 잘하고 볼 일이다. 일 못해서 잘리면 나만 손해다. 세상은 나 없어도 잘 돌아간다. 어차피 직장에서는 떼돈을 주지 않는다. 겨우 먹고살 만큼 준다. 그러니 돈 때문에 일하면 나만 불쌍해진다. "내 일, 내 인생은 내가 선택한다"는 마음으로 일을 하면, 일을 대하는 태도부터 달라진다. 일에 최선을 다하니 잘하게 되고, 성과도 오른다. 자존감이 상승한다. 자존감이 상승하니 힘든 일도 행복한 시간이 된다. 매일 매일이 내가 선택하는 워라밸의 삶이 된다.

사람은 일을 하며 먹고 산다

사람은 일(work)을 하며 먹고 산다. 사람에게 먹고사는 문제는 무엇보다 중요하다. 일은 인생 중에서 가장 많은 시간을 투여하는 것이기도 하다. 일은 인생에 있어서 상당한 의미를 갖는다. 때문에, 일은 인생에서 '가장'은 아니더라도 꽤 친하게 지내야 할 대상인 셈이다.

누구든 '일'이 곧 행복이고 나의 인생이라고 생각한다면 최상의 인생을 살 수 있다. 물론 성공도 할 것이다. 그러나 그렇게 생각하며 사는 사람은 극히 드물다. 사람들은 대부분 일과 인생의 즐거움은 별개라고 생각한다. 아니, 일을 즐거움의 방해꾼이라고 생각한다. 마치 일을 열심히 하면 즐거움의 시간이 줄어들어 자신의 인생이 헛되어질 것이라는 식으로까지 생각한다. 잘못된 생각이다. 그렇게 말하고 생각하고 행동하면 우선 보기에 좀 있어 보인다고 생각하지만, 실제로 모든 불행의 씨앗을 심는 것과 같다.

사람들은 대부분 일을 할 때(직장에서건 어디에서건) 행복하다고 생각하지 않는다. 억지로라도 행복하지 않다고 세뇌하기까지 한다. 살아가면서 가장 많은 시간과 노력을 일에 투여하면서도, 그 일이 행복하지 않다고 생각하니 삶이 불행한 것은 당연하다. 그러면서 사람들은 행복을 꿈꾼다. 애를 쓴다. 새로운 취미를 찾아 삶의 의미와 즐거움을 찾고자 한다. 행복해졌다고 생각한다. 때로는 취미만이 나만의 인생을 살아가는 유일한 것인 양 목을 매기도 한다. 착각이다. 왜냐하면 그 행복감에 취해 일을 등한시하기 때문이다. 지금 하는 일 덕분에 그 취미생활을 할 수 있게 된 것인데, 일 때문에 나만의 인생을 살아갈 수 없다고 생각하여, 일을 나만의 인생을 방해하는 사악한 존재로 만들어 버리기 때문이다. 그 착각은 불행을 부른다. 일을 등한히 하니 일(직장)에서 좋은 성과를 낼 수 없다. 좋은 성과를 내지 못하니 직장을 잃게 된다. 직장을 잃으니 그렇게 하고 싶은 취미생활도 할 수 없게 된다. 취미생활을 하지 못하게 되니 삶의 의미가 사라져 불행해진다.

분명 취미보다 일이 먼저다. 긍정하기 싫지만 엄연한 현실이다. 이를 애써 부정해도 별도리 없이 그 틀 속에서 살아갈 수밖에 없는 것이 세상살이다. 그래서 우리 삶에서 경쟁력이라는 말, 능력이라는 말은 매우 중요한 말이 되었다.

그럼, 어떻게 하면 경쟁력이 생길까? 쉽다. 사랑하면 경쟁력이 생긴다. 왜냐하면 사랑하면 알게 되고, 알게 되면 사랑하게 되고, 또 사랑하니 알게 되고, 또 알게 되니 사랑하게 되기 때문이다. 고로, 알게 되면 사랑할 수 있는 것이다. 이렇게 반복해서 사랑하다 보면 경쟁력이 생긴다. 전문가가 된다. 능력가가 된다. 세상으로부터 인정받는다. 행복해진다. 성공도 하게 된다. 결국 성공은 사랑한 결과의 모습이다.

생각해 보자. 당신에게 사귀는 사람(부부, 연인, 친구)이 있다고 하자. 누구든 처음에 서로 사랑하게 되면 서로에 대해 알려고 한다. 서로 잘 알게 되면 상대방의 미세한 변화 즉, 눈 씰룩거림이나, 걸음걸이만 봐도 상대방이 기분이 좋은지 나쁜지, 고민이 있는지 없는지 알 수 있지 않던가? 당신은 순식간에 상대방의 상태를 알아차려 어느 틈에 상대방의 팔짱을 끼든지 아니면 잠시 자리를 비켜 혼자만의 시간을 줄 수도 있다. 이는 거의 자동적이다. 이러한 판단이 가능한 것은 상대방에 대한 정보가 많기 때문이다. 상대방에 대해 잘 모른다면 속절없이 사태 파악이 되지 않는 아둔한 사람이 되어버리고 만다. 바보 취급 받게 된다. 결국 절교를 선언 당한다.

철학은 지혜를 사랑하는 학문이라고 한다. 근데 이건 너무 어렵다. 왜냐하면 우선 지혜가 무엇인지 사랑이 무엇인지 잘 모르니 너무 어렵다. 게다가 학문하기는 더욱 힘들다. 그렇게 지혜도, 사랑도 그리고 학문도 잘 모르니 그야말로 철학은 해괴망측한 놈이 되어버린다. 명사형이기 때문이다. 명사형으로 말하면 개념만 무성하여 문제가 추상적으로 바뀌어버려 도저히 핵심을 알기 어렵게 된다.

반면에 사랑하면 지혜가 생기거나 보인다고 하면 철학이 쉬워진다. 동사형이기 때문이다. 동사형은 구체적인 형상을 보여준다. 무엇보다 사랑하면 알게 된다. 일단 상대방(문제든 사람이든)을 제대로 알게 되면, 그때부터 상대방의 일거수일투족이 모두 눈에 들어온다. 그렇게 조금씩 알면 알수록 상대방의 본모습이 보이기 시작한다. 상대방의 장점은 살려주고, 단점은 보완하면 된다. 장점을 한없이 설명할 수 있을 정도로 찾아내면 모든 것이 명확해진다. 문제가 명확해지면 사랑할 수 있는 지혜도 생겨나는 것이다.

피카소가 말했다. "많은 예술가들은 자기 자신을 위해 예술을 해야 한다고 말한다. 예술을 사랑힌다면 성공을 경멸해야 한다는 것이다. 그러나 그것은 잘못된 생각이다. 예술가는 성공해야 한다. 먹고 살기 위해서가 아니라 자기의, 자기다운 예술을 하기 위해서 말이다." 나는 그의 말에 전적으로 동감한다. 이는 오랫동안의 내 생각이기도 하다. 피카소는, 예술가는 자신만의 예술을 위해 성공해야 한다고 말한 것이다.

비약이라고 할 수도 있겠지만 이를 보통 사람들의 삶과 빗대어 말하면 다음과 같이 말할 수 있겠다. '나만의 인생을 살아가기 위해 지금 하는 일을 사랑해야 한다. 최선을 다해야 한다. 사랑해서 성공해야 한다. 남에게 보여주기 위해서가 아니라, 내가 원하는 나의 인생을 살아가기 위해서다.' 과연 이것이 억지일까? 도처에 지금 하는 일 때문에 나만의 인생을 제대로 살지 못하고 있다는 목소리가 높다. 지금 하는 일 덕분에 나만의 인생을 살아가고 있는 것이 아닌지 자문해 볼 일이다.

사람에겐 양심이 있다

사람에겐 양심이 있다. 양심은 지성에 의한 것이라기보다 자연적인 마음의 표현이다. 양심은 남과 고통을 함께 나누는 마음이다. 남에 대해서 연민의 정 혹은 감정이입을 하고 그의 고통을 끝내거나 줄여주기 위해 돕고자 하는 마음이다. 양심은 옳은 일을 하고자 하는 마음을 갖게 해주기 때문에 사람을 고귀한 존재로 만들어 준다. 양심과 동정심은 같은 말의 다른 표현이다. 그러나 양심은 내가 주장하는 것이 아니라 남이 인정해 주는 것이다. 내가 아무리 양심적인 사람이라고 소리쳐도 다른 사람들이 사기꾼이라고 생각하면 나는 속절없이 사기꾼이 되어버린다. 나의 자유는 양심적이라고 33번을 주장하고, 21번을 외쳐도, 다른 사람들이 그렇지 않다고 생각하면 폭력이 되어버린다.

양심은 마음의 소통이다. 역지사지(易地思之)를 필요로 한다. 우리가 평등하게 태어났음을 깊이 이해할수록 그에 비례하여 양심의 표현인 동정심도 커진다. 남의 입장은 의지를 갖고 알려고 해야 알 수 있고, 또 알아야 배려할 수 있다. 배려하는 습관이 필요한 이유다. 남의 입장은 알고자 하지 않으면 알 수 없다. 요즘 보아하니, 대한민국 기득권층의 양심은 좀 다른 것 같다. 교양과 지성을 자랑하는 그들은, 그들끼리는 진심에서 우러나온 깊은 양심과 동정심을 나타내고 교환하는 것처럼 보인다. 세상에 그만한 교양인이 없다. 하지만, 그들이 다른 계층 즉 보통 사람들(그들 입장에서 하류 계층)을 대하는 것을 보면 양심도 동정심도 없는 것 같다. 그들은 느끼지 못한다. 심지어 끔찍할 정도로 비인간적으로 취급하기도 한다. 이런 야만의 모습은 대한민국에서 매일 일어나고 있다. 선택적 양심 때문이다.

　미국 어느 대학의 심리학 강의 시간에, 교수는 학생들에게 똑같은 풍선을 나눠준 다음, 풍선에 자기 이름을 쓰고 바람을 빵빵하게 불어서 천정으로 날려 보내게 했다. 그리고 5분의 시간 안에 자기 이름이 적혀있는 풍선을 찾으라고 하였다. 학생들은 좌충우돌하였지만 아무도 자기 이름이 적혀 있는 풍선을 찾지 못했다. 교수는 학생들에게 다시 말했다. 아무 풍선이나 하나를 집어 들고 그 풍선에 적혀 있는 풍선 주인을 찾아주라고 했다. 그러자 순식간에 풍선들은 제 주인을 찾아갔다. 교수는 말했다. "어쩌면 인생은 풍선 찾기와 같습니다. 사람들은 필사적으로 행복을 찾아다니지만, 장님처럼 헤매고 있습니다. 나의 행복은 다른 사람의 행복과 함께 있습니다. 다른 사람의 풍선을 먼저 찾아준 것처럼, 타인의 행복을 찾아주세요. 그러면 여러분의 행복도 얻게 될 것입니다." 헤밍웨이의 법칙에 대한 실험이다. 남과 나의 행복은 연결되어 있다. 남의 행복이 나의 행복이 될 수 있고, 남의 불행이 나의 불행이 될 수도 있다는 헤밍웨이의 말처럼, 행복은 먼 곳에 있는 거창한 것이 아니라, 손만 벌리면 닿을 수 있는 가까운 곳에 있다. 남을 배려하는 양심도 먼 곳에 있지 않다. 내 마음속 아주 가까이 있다. 행복 하고 싶다면 인간의 본성인 나의 양심에 따라 상대를 바라보면 된다. 남을 먼저 배려하는 것이 가장 빠른 나의 행복 찾기다. 물론 남의 행복을 무시하면 나의 행복도 무시당한다.

'선택적'이라는 말이 있다. 이 말이 좋은 가치와 만나면 이상하게도 폭력, 야만, 거짓으로 바꿔버리는 경우가 많다. 요물이다. 선택적 사랑은 차별적 사랑이 되고, 선택적 양심은 이기심이 되고, 선택적 정의는 불의가 된다. 또 선택적 공정은 차별이 되고, 선택적 법치는 독재가 되고, 선택적 자유는 규제가 되고, 선택적 신뢰는 배신이 되어 못되고 교활하게 바뀐다. 양고기가 개고기로 변하는 것이다. 오래전에 '마트'라는 영화를 본 적이 있다. 우리나라에 진출했다가 철수했던 프랑스 까~~마트였다. 그 마트는 프랑스에선 꽤 모범적인 선한기업이었다고 한다. 그런데 왜 한국에 와서 그렇게 못된 짓을 했냐고 물으니, 사장은 "여기선 그래도 되니까!"라고 대답했다. 그래도 되니까 ……. 맞다. 그래도 되니까 그렇게 한 것이다. 애초에 그러면 안 되게 했어야 했다.

로마에서는 로마법을 따라야 하고, 호그와트에서는 호그와트 법을 따라야 한다. 만약 호그와트에서 로마법을 지켜야 한다고 교양 있게 역설한다면 남의 다리 긁는 탁상공론이 된다. 아무것도 해결하지 못한다. 로직(logic)엔 로직으로, 매직(magic)엔 매직으로 대응하는 것이 옳다. 그럼에도 희망은 잃지 않아야 하기에, 남의 풍선을 먼저 찾아주어야 한다. 나의 풍선을 찾기 위해서라도.

2015년,
유엔은 새로운 연령 분류를 제안했다

2015년, 유엔은 새로운 연령 분류를 제안했다. 21세기를 맞이하면서 인류의 체질과 평균수명 측정 결과를 토대로 한 구분에 따르면 0~17세는 미성년자, 18~65세는 청년으로 분류하고, 66~79세는 중년, 80~99세를 노인, 100세를 넘으면 장수 노인이라고 제안했다. 흥미롭다. 미래학자들은 한술 더 떠서 2040년이 되면 사람이 죽지 않는 시대가 온다고도 예측한다. 1994년 고령사회에 진입한 일본은 2004년 정년이 지난 노동자를 65세까지 계속고용제를 의무화하였다. 1967년 정년을 65세로 정했던 미국은 1978년에 정년을 70세로 연장했다가 1986년에는 정년제 자체를 폐지했다. 이른바 100세 시대다.

그러면 나는 얼마나 살 수 있을까? 미래는 알 수 없으니 지난 과거를 통해 추론해 보자. 2019년 6월 말 기준, 통계청 발표에 따르면 우리나라 총인구는 51,801,449명이라고 한다. 남녀비율은 거의 반반인데 여자가 10만 명 정도 더 많다. 연령별 생존확률을 보면 70세는 86%, 75세는 54%, 80세는 30%, 85세는 15%, 90세는 5%라고 한다. 90세가 되면 100명 중 5명만 살아남는다는 말이다. 90세의 5%는 16,019명이고, 99세까지 생존해 있는 노인들은 648명이다. 이러한 생존 연령에서 10년 정도를 빼면 내 몸으로 움직이고 생각하는 건강수명이 된다. 나는 몇 %에 들어갈까?

살아있는 오늘 하루가 너무나 소중한 날이다. 살아있는 동안 행복해야 한다. 3종류의 행복이 있다. 몸이 신나는 '쾌락', 마음이 신나는 '만족', 정신을 신나게 하는 '의미'가 그것이다. 쾌락은 순간이고 만족은 짧다. 의미는 상대적으로 오래간다. 그래서 의미 있는 일을 할 때 인간의 행복은 지속된다. 물론 3종류의 행복을 골고루 경험하는 것이 좋다. 아무튼 '오늘, 지금, 여기서' 행복해야 한다.

카르페디엠(Carpe Diem), 언제 들어도 기분 좋은 말이다. '현재를 잡아라' 또는 '현재를 즐겨라' 왜? 미래는 알 수 없으니까. 원래 이 말은 호라티우스의 라틴어 시에서 유래했다. 영화 '죽은 시인의 사회 (1989)'에서 '키팅' 선생이 명문대 진학 때문에 공부에 찌든 학생들을 격려하기 위해 외친 말이다. 키팅 선생이 제자들에게 정말 하고 싶었던 말은 지금 이 순간, 학창 시절에만 할 수 있는 생각, 경험 등에 몰두하여, 너희들의 꿈을 펼쳐 자신만의 인생을 살아가라는 뜻이었을 것이다. 공부가 인생의 전부는 아니라는 말이다. 어떻게 하는 것이 키팅 선생의 가르침을 제대로 실천하는 것일까? 그 해답이 우리나라 전통 노래 '노세, 노세, 젊어 노세'의 노랫말에 고스란히 담겨있다. 가사의 전문은 다음과 같다.

> "(얼씨구절씨구 차차차) 노세, 노세, 젊어 노세, 늙어지면 못 노느니. 열흘 붉은 꽃이 없고, 달도 차면 기운다. 인생 일장춘몽 아니노지는 못하리라. (지화자(知和自) 좋다!)"

1954년 대중가요로도 만들어진 노랫말이다. 여기에서 '노세'는 우리가 주목해야 할 단어이다. 노세라는 말이 그냥 즐기고 놀자는 뜻만 있는 것은 아니다. 노세의 의미는 여러 가지다. 그 모두가 밝은 내용들이다. 어쨌든 조금만 더 생각하면 오히려 '치열하게 살자'는 뜻이 담겨있다. 의미 있게 살아야 한다는 말이다.

도대체 그게 무슨 말인가? 이유는 의외로 간단하다. '노세'라는 말에는 '잘하세'라는 뜻도 있다. 우리가 노래를 맛깔스럽게 잘 부르는 친구를 보고 "저 친구는 리듬을 갖고 논다"고 말한다. 또한 컴퓨터를 잘하는 아이를 보고 "컴퓨터를 갖고 논다"고 말한다. 축구를 잘하는 사람을 보고 "공을 갖고 논다"고 말한다. 갖고 논다는 말은 '잘한다'는 말이다. 잘하니까 갖고 놀 수 있는 것이다. 그러므로 '노세,

노세, 젊어 노세'라는 말은 '잘하세, 잘하세, 젊어서 잘하세'라는 말
이 된다. 왜? '늙으면 서툴러져서 잘하지 못하게 되니까.' 당연한 이
치다. 이어서 해석하면, '열흘 붉은 꽃이 없고, 달도 차면 기운다네.
우리 인생 일장춘몽이니, 때에 맞게 젊어서 잘해서 의미 있고 행복
하게 살아야 하는 것 아니겠는가.'가 된다.

약 50년의 청년기와 100세의 꿈. 내가 좋아하는 일을 하는 것은
자유이고, 내가 하는 일을 좋아하는 것은 행복이라고 한다. 그렇다.
무엇이든 좋아하면 잘하게 된다. 잘하면 쾌락도 있고, 만족도 느낀
다. 나아가 의미도 만들어진다. 그러면 행복해진다. 행복해지는 길
은, 오늘, 지금, 내가 맞닥뜨리고 있는 일을 갖고 노는 것에 있지 않
을까?

사람은 제각각 다르다

사람은 제각각 다르다. 다른 생각을 하고 다른 행동을 한다. 그리고 다른 희망을 품는다. 맞고 틀림, 옳고 그름, 미추의 기준도 다 다르다. 맞든 틀리든 우리는 각자 나름의 기준을 갖고 산다. 각자 모자란 대로 적당히 사는 게 정상적인 사람의 인생이다. 인간은 완벽하지 않으니까.

굳이 본인 스스로가 '공자·석가·예수'가 되겠다고 큰 꿈을 꿀 필요는 없다. 그렇게 살 필요도 없다. 그들은 지구 유사 이래 수천억(?)의 인간 중에서 우리가 기억하는 3대 성인이니 그들은 이미 사람이 아니다. 신이라 해도 뭐, 시비 걸 사람 별로 없을 것이다. 그러니 굳이 그들처럼 되겠다고 안달할 필요는 없다. 굳이 나를 비하할 필요도 없다. 나는 그들이 의미 있는 인생을 살았을 진 몰라도, 참 재미없는 인생을 살았다고 생각한다. 그래도 그들의 뜻은 본받겠다는 생각은 하며 산다. 그들은 그들이고 나는 나이지만, 그들의 뜻을 본받는 것만으로도 나의 삶에 도움이 된다.

나는 다짐한다. 나는 내가 감당할 수 있는 정도만 지키며 살자고. 모자라면 모자란 대로 살면 된다고. 그것이 참 어렵긴 하다. 어쨌든 굳이 남이 정한 기준에 따라 살고 싶지는 않다. 자유가 무엇인가? 자유란 하고 싶은 일을 하는 것도 자유지만, 하고 싶지 않은 일을 하지 않는 것도 자유다. 자유가 힘인 이유다. 대부분 하고 싶은 일을 '하는 자유'에 주목하지만, 나는 하고 싶지 않은 일을 '하지 않을 자유'가 더 중요하다고 생각한다. 우리 삶 대부분의 불행은 하고 싶은 일을 못 하는 경우보다, 하고 싶지 않은 일을 남의 눈치 보느라 어쩔 수 없이 해야 하는 경우가 더 많기 때문이다.

사람들은 어떤 것을 볼 때 자신의 입장에서 본다. 가령 '+'가 그려진 카드를 보여주면서 무엇이 생각나느냐고 물으면, 수학자는 '덧셈', 산부인과 의사는 '배꼽', 목사는 '십자가', 교통경찰은 '사거리', 간호사는 '적십자', 약사는 '녹십자'라고 제각각 다르게 대답한다. 모두 맞는 답임을 우리는 이미 알고 있다. 같은 것을 보고 각자 입장으로 다르게 대답한 것뿐이다. 관점의 차이다. 거창하게 말하면 니체가 그토록 떠들었던 관점주의와도 통한다.

우리 앞의 문제들은 바라보는 각도에 따라 수많은 모습이 있다. 우리는 그 수많은 모습을 한꺼번에 다 보여줄 수는 없다. 지금, 현재 내가 처한 한 가지 상황만 보여줄 수 있다. 나머지는 감춰진다. 그러므로 이 세상에는 '절대 진리'는 없다는 것이 관점주의의 핵심이다. 사람의 관점이 '비판의 대상'이 아니라, '이해의 대상'이 되어야 하는 이유이다.

아버지, 남편, 오빠, 동생, 형, 교수, 친구, 선배, 후배 ··· 무수히 많은 '나'가 있다. 그 모두가 나다. 하지만 때로는 아버지로 있어야 하고, 때로는 친구로 행동해야 한다. 아버지일 때, 친구일 때, 나의 나머지 다른 모습들은 감춰진다. 우리는 언제나 그 상황에 맞는 한 가지 나의 모습만 보여줄 수 있기 때문이다. 수많은 입장의 나는 서로 비교할 수 없다. 서로 우열을 따질 수도 없다. 즉, 아버지와 남편은 애초에 비교할 수 없다. 좋은 아버지가 나쁜 남편이 될 수 있고, 집에서는 나쁜 아버지가 밖에서는 좋은 선배가 될 수도 있다. 능력 있는 직장인이라고 꼭 좋은 아버지, 좋은 남편이 되는 것도 아니다. 그럼에도 불구하고 우리는 비교할 수 없고, 비교될 수도 없고, 비교하면 안 되는 것들을 애써 비교하며 우열을 나누려고 한다. 그렇게 억지를 써서 스스로 괴롭힌다. 자신이 비극의 주인공이 되고자 노력한다. 비극의 주인공이 되면 마치 뭔가 좀 있어 보이는 것으로 착각하는 것 같다. 착각하지 마라. 비극은 그냥 비극일 뿐이다.

분명한 것은, 직장에서는 좋은 아버지, 좋은 친구가 아닌 일 잘하는 직장인이 되어야 좋은 대우를 받을 수 있다. 집에서는 일 잘하는 직장인이 필요치 않고 자상한 아빠, 따뜻한 엄마, 착한 아들딸이 되어야 가족으로부터 사랑받는다. 친구와의 만남에서는 부자나 능력에 관계치 않고 우정 어린 시선이 필요하다. 부디 헷갈리지 마시라. 현재 마주한 상황에 맞게 최선을 다하고 진심으로 대처하시라. 어설픈 비교와 우열로 자신을 그르치지 마시라.

직장에서 최고의 복지는 일 잘하는 동료다. 복지제도는 그냥 덤일 뿐이다. 마음 맞고 일 잘하는 동료와 일하면 일이 즐거워지고 직장이 즐거워진다. 최고의 복지인 이유다. 무엇보다 당신이 일 잘하는 동료가 되면 가장 바람직하다. 당신이 동료들에게 최고의 복지가 될 테니까.

바퀴벌레 한 마리가 눈에 보이면

바퀴벌레 한 마리가 눈에 보이면 안 보이는 곳에 수천 마리의 바퀴벌레가 있다는 것이라고 한다. 단순히 눈에 보이는 바퀴벌레 한 마리가 다가 아닌 것이다. 이것은 꽤 여러 곳에 적용해도 근사하게 들어맞는다. '미꾸라지 한 마리가 흙탕물을 만든다'는 말을 바퀴벌레에 비유하여 해석해 보면, 지금 당장은 분탕질 치는 미꾸라지가 한 마리밖에 보이지 않지만, 그 이면에는 눈에 보이지 않게 분탕질 치는 못된 미꾸라지가 수십, 수백 마리가 있다는 말도 된다. 다시 말해 당장 눈에 보이는 것에 매몰되어 맥락을 알지 못하면 속절없이 낭패를 본다.

"OK, Boomer."라는 말이 젊은이들 사이에 심심찮게 말해진다고 한다. 2019년 들어 미국에서 베이비 붐 세대의 낡은 가치관이나 꼰대스러운 면을 조롱하고 비하하는 의미로 생겨난 '짤'에서 시작되었다. 주로 나이 든 기성세대들이 "라떼는 말이야" 등으로 젊은 세대가 원하지도 않는 충고를 하는 꼰대들에게 쓰는 말이다. 맥락에 따라 다르겠지만, 대략 3가지 정도의 대답이 있을 수 있다. OK는 말 그대로 '알았다'는 말이고, Boomer는 우리나라로 치면 58개띠를 기준으로 위로 5년, 아래로 5년 정도 세대를 말하는 '베이비붐 세대'를 말한다. 가장 낮은 수위, ① "알았어요, 잔소리 그만 하세요." 이 정도면 들어 줄만 하다. 인류 역사에서 젊은 사람들은 언제나 나이 든 기성세대의 말에 반항하며 살아왔으니까. 수위가 조금 더 높아지면 다음과 같은 의미가 된다. ② "고지식한 소리 집어치우세요, 듣기 싫어요." 이 정도면 거의 무시하는 정도다. 그러나 여기서 끝나지 않는다. 수위가 최고조로 올라가면 ③ "늙은이들아, 헛소리 집어치워. 시끄러우니까." 등으로 경멸의 의미에 가까워진다. 최근에는 "OK, Boomer."라는 말이 남용되어 무언가를 지적하거나 비판하는 것을 대놓고 매도하는 용도로 사용되기도 한다. 급기야 단순히 복고적인 취향을 가진 사람에게도 비아냥대는 도구로 사용되고, 단지 낡았다는 이유로 전부 나쁘다고 퉁 쳐버리는 용도로도 사용된다.

이쯤 되면 베이비부머들은 정신이 혼미해져서 몸을 가누기가 힘들어진다. 안절부절하게 된다. 모든 인간이 완벽하지 않듯이 그들도 완벽하지 않다. 열 받는다. 감정이 앞선다. 감정이 앞서니 그들의 입에서도 좋은 말이 나오지 않는다. 그들도 버릇없는 젊은이들을 향해 "OK Zoomer!"라고 말하게 된다. MZ세대들에게 "알았어, 젊은 친구, 네 마음대로 해"라는 방관과 무시의 말이다. 요즘은 젊은 세대가 꿈꾸기 힘든 세상이다. 그들의 고충을 들어주고 다독거려 주어야 하지만 "OK Zoomer!"라고 말하고 힘들든 말든 네 문제는 네 문제이니 네가 알아서 각자도생하라고 쌩까버린다.

젊은 세대는 Boomer세대를 "OK Boomer"라고 무시해 버리고, 나이 든 세대는 젊은 MZ세대를 "OK Zoomer"라고 무시해 버리니 서로 간의 대화는 단절된다. 다시 말해 아랫세대를 배려하지 않고 자신의 가치관을 고집하는 것이나, 나이 든 세대의 작은 조언도 듣기 싫다고 무시하여 소통을 거부하는 자세는 서로에게 손해다. 각자도생하게 되면 둘 다 불쌍해진다. 지금 세상은 '대중'에서 '분중'이 되고 또 '개인'으로 쪼개지면서 개인은 외로운 섬이 되어버렸기 때문이다. 개인으로 각자도생해야 하니 연대가 애초에 불가능해진 상황이다.

젊은 세대든 나이 든 세대든 상대로부터 존중받고 싶은 만큼 상대방을 존중할 일이다. 어떤 세대든 자신이 상대로부터 대접받고 싶지 않은 일은 상대방에게 하지 않는 게 서로에게 좋다. 경험이 일천해도 배울 게 있고, 다 낡아버려 쓸모없을 것 같아도 배울 것은 있다.

결국 상대를 인정해 주는 것이 자신이 인정받는 길이다. 다시 바퀴벌레 이야기로 돌아가 보자. 만약 주위에서 한 사람의 선한 사람이 눈에 띤다면, 보이지 않는 곳에 선한 사람 수천 명이 있음을 믿고 나도 선한 사람이 되어 보려고 애쓴다면 세상은 훨씬 살기 좋은 따뜻한 세상이 되지 않을까 싶다. 굳이 내가 스스로 분탕질 치는 미꾸라지가 될 필요는 없지 않은가? 내가 너무 쉽게 생각하는 것일까?

지금 내가 망해도
세상은 관심이 없다

"지금 내가 망해도 세상은 관심이 없다. 지금 내가 사라져도 세상 사람들은 관심이 없다. 세상 사람들은 남의 삶에 관심을 가질 만큼 여유가 없기 때문이다. 그러니 어리광 부리지 마라. 아무도 관심 없다. 굳이 관심을 둔다면, 내가 나를 포기하면 내가 싫어하는 사람들은 좋아할 것이고, 나를 사랑하는 사람들의 가슴에는 대못을 박는 일이 된다는 것을 알아야 한다. 그러니 자신을 소중하게 생각해라. 내가 나를 무시하면 남도 나를 무시할 것이고, 내가 나를 귀하게 여기면 남도 나를 귀하게 대해주는 것은 당연한 일이다. 내가 남을 소중하게 대하면 상대방도 나를 소중하게 생각할 것이다. 예외는 없다. 물론, 내가 잘되어도 다른 사람은 관심이 없다. 사람들은 그냥 자신의 삶을 살아가기에 바쁠 뿐이다. 그러니 남의 눈치 같은 것일랑 보지 말고 자신을 소중하게 생각하고 자신을 귀하게 대우해라. 우리가 할 수 있는 일은 이것뿐이다."

내가 우리 학생들에게 학기 초나 학기 말에 당부하는 말이다. 별로 유쾌한 말이 아니고 무서운 말이라서 조심해서 말한다. 그리곤 잊어버린다. 이 말은 꽤 무서운 말이다. 야멸찬 말이기도 하다. 이 말은 세대 간의 갈등 문제에서도 그대로 적용된다. 후배(젊은 세대)들은 선배(기성세대)들을 꼰대라고 무시한다. 선배들의 말이라면 '라떼'라며 대놓고 들으려 하지 않는다. 무시당한 선배는 기분이 좋을 리 없다. 이상한 것은 후배들은 선배들을 한껏(?) 무시하면서 자신들은 배려받기를 원한다는 점이다. 나는 상대방을 무시하면서 상대방이 나를 배려해 주기를 원한다? 그런 경우는 없다. 아무리 나이 든 꼰대라 하더라도 배알은 있으니, 후배들을 곱게 볼 수 없다. 세대 갈등은 곧 전쟁으로 바뀐다.

후배건 선배건 상대방의 관심을 받고 싶으면 먼저 상대방에게 관심을 주어야 한다. '대학내일20대연구소'의 조사 결과에 따르면 19세부터 34세까지의 응답자 900명 중 66.8%가 '좋아하는 것을 해주는 것보다 싫어하는 행동을 하지 않는 것이 더 좋다'고 답했다. 공자는 '내가 하고 싶은 일을 상대방에게 권하라'고 했다. 예수도 '내가 하고 싶지 않은 일을 상대방에게 요구하지 말라'고 했다. 철학적으로 따지면 말의 뉘앙스의 차이가 크지만, 공자와 예수의 말을 긍정적으로 보면 둘은 같은 말을 하고 있다. 즉, 내가 좋아하는 일을 상대방에게 권하고, 내가 싫어하거나 하고 싶지 않은 일은 상대방에게 권하지 말라는 가르침이다.

　모든 거래와 관계의 기본은 먼저 주고 난 다음 받는 것이다. 이를 모르는 사람은 없을 것이다. 소통도 마찬가지다. 먼저 받고 나중에 주는 것이 아니다. 즉, '기브앤테익(give and take)'이지, '테익앤기브(take and give)'가 아니다. 당연하다. 이것만 잘해도 어디 가서 좋은 사람이라는 소리를 듣는다. 나아가 능력자 소리도 듣게 된다.

　그러나 자신이 행복해지는 소통은 따로 있다. '기브앤테익'이 아니라, '기브앤포겟(give and forget)'이다. 즉 먼저 준 다음, 준 사실을 잊어버리는 소통 방법이다. 기억하시라. 상대방을 위해 무엇인가를 배려했다면 그 배려한 무엇을 잊어버리는 게 나에게 좋다. 만약 준 것을 잊어버리지 않고 마음속에 담아두면 나만 손해다. 즉 내가 배려한 것을 상대방이 몰라주면 서운하고, 나의 충고대로 상대방이 하지 않으면 슬며시 화까지 난다. 나아가 상대방이 괘씸해지고 미워진다. 이래저래 내 마음이 상한다. 왜 좋은 일 하고 내 마음이 상해야 하는가?

　그러니 상대방을 배려하고 난 뒤엔 잊어버려야 한다. 상황이 되어 내가 친구를 위해, 후배를 위해 충고를 했다고 하자. 충고를 받은 친구는 내 충고를 받아들일 수도 있고 받아들이지 않을 수도 있다. 그것은 상대방의 마음이다. 어쩌면 친구나 후배는 내가 배려한 사실

자체를 인식하지 못하고 있을지도 모른다. 이때 친구나 후배가 내 충고대로 잘하는지 어떤지를 확인하려 하면 문제가 발생한다. 내 충고대로 하면 별일 없겠지만, 내 충고대로 하지 않으면 무시당한 기분이 든다. 왜 좋은 말 해주고 내 마음이 상처받아야 하는가? 그러니 무엇이든 상대방을 위해 배려했다면 잊어버려야 한다. 그래야 친구도, 후배도 잃지 않고 좋은 관계를 유지할 수 있다. 무엇보다 내 마음이 편하다. 주위의 좋은 사람을 잃지 않는 방법이기도 하다.

마음에는 내 마음과 상대방의 마음이 있다. 살면서 내 마음 하나도 챙기는 게 쉽지 않다. 그래도 내 마음을 챙기는 것이 남의 마음을 챙기는 것보다는 훨씬 쉽고, 내 마음을 바꾸는 것이 남의 마음을 바꾸는 것보다 훨씬 쉽다. 대부분의 심리적 갈등은 남의 마음을 내 마음과 같게 만들겠다는 욕심에서 생겨난다. 좋은 마음에서 시작한 충고가 폭력으로 발화되는 지점이다. 남의 마음을 내 마음처럼 만들 수는 없다. 포기해라. 남의 마음은 남에게 맡겨라. 내가 어찌할 수 있는 것은 내 마음뿐이다. 그래도 우리가 사람이니 친구나 후배에게 도움을 주고자 한다면 도움을 주어라. 그리고, 도움을 주었다는 사실 자체를 잊어버려라. 그러면 나도 행복해지고 상대방도 행복해진다. 습관화해라. 내가 행복해진다. 기브앤포겟!

수능을 마치면 자유가 시작된다

수능을 마치면 자유가 시작된다. 수능일은 12년의 '학교 감옥'에서 벗어나는 통과의례의 날이다. 수능을 끝내고 나면 학생들은 입시 지옥뿐만 아니라 '부모 감옥'으로부터도 해방된다. 부모도 마찬가지이다. 이제 '자식 감옥'으로부터 해방된다. 학생도 부모도 자유다. 그동안 수고했고, 수고하셨다. 이제 맘껏 자신이 좋아하는 일들을 자유롭게 할 수 있다. 그런데 자유란 게 참 무섭다. 모범적인 자유란 없는 법이니까. 내가 선택한 자유는 오롯이 내가 책임져야 하는 것이기도 하니까. 어쨌든 자유는 흥미진진하다.

사람들은 행복해지고자 행운이 오기를 바란다. 로또든 무엇이든 대박의 주인공이 되기를 원한다. 네잎클로버의 꽃말은 '행운'이다. 네잎클로버는 어쩌다 운 좋은 사람들이 찾는다. 나폴레옹도 네잎클로버 덕분에 살았다. 그래서 네잎클로버는 책갈피에 잘 보존된다. 행운을 불러온다고 믿기 때문이다. 반면 세 잎 클로버를 소중히 다루는 사람은 없다. 세 잎 클로버는 지천에 널려있다. 누구나 찾을 수 있고, 딸 수도 있다. 누구도 세 잎 클로버를 책갈피에 끼우는 사람은 보지 못했다. 세 잎 클로버의 꽃말은 '행복'이다. 누구나 행복을 꿈꾸지만, 사람들은 정작 눈앞에 널려 있는 행복은 거들떠보지 않으면서, 평생 나에게 오지 않을 수도 있는 행운에 목을 맨다. 아이러니다.

워라밸(Work and Life Balance)이 일상화되었다. 물론 행복해지기 위해서다. 일과 삶의 적절한 균형은 우리의 삶을 풍부하게 만들어 삶의 효능감을 가져온다. 그러나 아무나 워라밸을 누리지는 못한다. 먹고 살기 위해 경쟁해야 하기 때문이다. 피할 수 없으니 일을 받아들여야 한다. 먹고 사는 문제는 언제나 행복에 우선한다. 가장 중요하다.

인생에 생애주기가 있듯 워라밸도 생애주기에 따라 달라야 한다고 생각해 봤다. 생애주기는 '도입기·성장기·성숙기·쇠퇴기'로 나눈다. 도입기에는 발버둥을 쳐야 하고, 성장기에는 전투력을 높여야 하고, 성숙기에는 시스템을 효율화해야 하고, 쇠퇴기에는 가지를 쳐 간소하게 정리해야 한다. 시기마다 할 일이 다르듯이, 시기마다 워라밸의 형태도 다를 것이다. 각자 자신이 처한 시기에 맞게 워라밸을 조정하는 것은 매우 중요하다.

퉁 쳐서 말하면 젊을 때는 일에 좀 더 방점이 찍혀야 할 것이고, 나이 들면 건강에 좀 더 방점이 찍히는 삶이 균형 있는 워라밸이 될 것이다. 일과 내 삶의 밸런스가 언제나 5:5가 아니라, 젊을 때는 7:3, 나이 들면 3:7 정도, 잘나갈 때는 5:5를 유지할 수 있다면 행복한 워라밸이 아닌가 싶다. 이렇게 보면 워라밸은 공자가 말한 '낙이불음 애이불상(樂而不淫 哀而不傷)'과 같다. 즐겁되 음란하지 않고, 슬퍼하되 몸을 상하지 않는 정도의 탄력적 간격 말이다.

월인천강(月印千江)이라는 말이 있다. 일단 부처의 가르침은 열외로 하자. 그냥 글자 그대로 보면. '하나의 달이 모든 강에 비친다'는 말이다. 하늘에 있는 달은 우주에 하나뿐인 달이겠지만 물에는 천 개의 달이 비친다. 하늘에 있는 달과 물에 비친 달은 같은 달이 아니다. 전혀 다른 달이다. 물에 비친 천 개의 달은 나의 달이고 너의 달이다. 어머니의 달이고 아버지의 달이다. 스승의 달이고 제자의 달이다. 하늘의 달을 보고 우리 각자는 희망의 달을 만든다. 그러므로 물에 비친 달은 하늘에 뜬 원래의 달이 아닌, 그냥 나의 달이다. '지금, 여기' 내 앞에 있는 물에 비친 달은 다른 무엇과 대체할 수 없는 나의 달이다. 그 달은 나를 슬프게도, 기쁘게도, 추억을 일깨울 수도 있다. 누구나 '지금, 여기' 현재 내가 보고 있는 달에 충실해야 한다. 그렇지 않으면 행복은커녕 쓸데없는 탁상공론으로 의미 없는 시간 낭비만 하게 될 것이다. 행복하기 위해서 지금 내 앞에 있는 달의 느낌과 의미에 집중하여야 한다. 지금 내 앞에 있는 달, 그것은 나의 달이다. 나의 이야기다.

이태백이 빠져 죽은 곳은 달이다. 물이 아니다. 그는 그의 달에 빠져 죽었다. 이태백의 달은 하늘에 있는 달이 아니라, 물에 비친 자신의 달이었다. 그는 죽는 순간까지도 행복했을 것이다. 누구도 남이 만든 남의 달에 빠져 죽는 개죽음은 당하지 않았으면 좋겠다. 수능을 마치고 자유를 얻은 수험생들은 이제 부모가 정해준 '달'이 아니라, 스스로 느끼고, 의미 있는 자신의 달을 찾았으면 좋겠다. 부모의 달에 싸여 안주하기보다, 아직 거칠더라도 자신의 달을 가꾸었으면 좋겠다. 그리하여 이 세상 누구도 대체할 수 없는 유일한 자신의 달을 만들었으면 좋겠다.

부모들도 더 이상 자식의 달 찾기에 관여하지 않았으면 좋겠다. 수능은 관여를 멈추는 좋은 '통과의례'가 된다. 루소는 그의 저서 '에밀'에서 말했다. 자식에게 내가 하는 잔소리는 '모두 너의 미래 행복을 위해서'라는 말 따위는 하지 말라고 했다. 다른 집 자식과 비교하지 말라고도 했다. 또 당신의 아이를 불행하게 만드는 확실한 방법은 아이가 갖고 싶어 하는 것이면 무엇이든 갖게 하는 것이라고 했다. 수능에서의 부모의 역할은 여기까지다. 이제 더 이상 자식의 미래 행복을 준비해 준다는 핑계로, 밝혀준다는 고집으로 자식의 오늘을 불행하게 만드는 야만적인 행동을 멈추었으면 좋겠다. 즉흥곡은 절대로 즉석에서 만들 수 없다. 부모가 대신 써줄 수도 없다. 자신이 만들어야 한다. 이제 부모는 자식 걱정 그만하고 자신들의 달 찾기에 충실했으면 좋겠다. 부탁이다. 제발.

실패한 인생에는 실패가 없다

실패한 인생에는 실패가 없다. 성공한 인생에는 실패가 있다. 실패한 인생에는 안 되는 이유가 있고, 성공한 인생에는 되는 이유가 있다. 실패한 인생에는 '때문'이 있고, 성공한 인생에는 '덕분'이 있다. 비즈니스에서도 개인의 능력에서도 마찬가지다. 사람들은 대부분 실패 없이 성공하기를 꿈꾼다. 그렇게 헛꿈을 꾸며 가망 없고 후회하는 인생을 살고자 애쓴다. 이는 기본이다.

요즘 '부캐'가 대세다. 마치 부캐가 '본캐' 자리를 꿰 찬듯하다. 일부 셀럽(?)들이 부캐 운운 하니 일반인들도 부캐 열풍이다. 마치 부캐가 없으면 시대에 뒤떨어진 모양새다. 본캐와 부캐는 광고의 소재로도 쓰인다. (광고는 언제나 시대를 반영한다.) 요즘 방영되고 있는 커피광고가 그것이다. 광고는 사무실에서 시작된다. 한 직장인(정경호)이 동료에게 말한다. "퇴근하고 뭐 하느라고 그렇게 바빠?"라고 물으면, 주인공 직장동료(유연석)가 말한다. "퇴근하고? 오늘은 유셰프, 내일은 유러너, 주말엔 유목수."라고 말하면, 질문을 한 동료는 놀란 듯이 "그걸 다?"라고 되묻는다. 아웃 보이스로 주인공이 말한다. '본캐부터 부캐까지.' 하고 싶은 게 많은 요즘 시대의 커피. 어쩌고저쩌고 브랜드를 말한다. 마지막엔 "다음엔 유투버?(나 해볼까)"라며 광고는 끝난다. 솔직히 나는 이 광고의 주인공이 걱정된다. 곧 잘릴 것 같아서.

부캐 열풍은 2020년 '놀면 뭐 하니'라는 예능프로그램이 큰 역할을 했다. '싹쓰리'라는 혼성그룹을 결성하여 유재석, 이효리, 정지훈이 각각 '유두래곤, 린다G, 비룡'이라는 부캐를 만들어 큰 인기를 끌었다. 부캐의 대표주자는 단연 유재석이다. 유재석은 '놀면 뭐하니'에서 유산슬, 닭터유, 유두래곤, 지미유, 유르페우스 등의 부캐를 만들어 장르에 맞게 새로운 캐릭터를 선보이며 인기몰이를 하고 있다. 그 외에도 김신영(둘째이모 김다비), 박나래(조지나), 추대협(카피추) 등의 연예인들이 속속 부캐로 승승장구하고 있다. 대부분 본캐로 성공했던 사람들이거나, 본캐에 최선을 다했던 사람들이다.

한 사람이 자기개념을 다양하게 갖고 있는 경우를 심리학에서는 '자기복합성'이라고 한다. 내 속엔 내가 너무 많다는 노랫말처럼 서로 다른 내가 때와 상황에 맞는 캐릭터로 표현하는 것이 부캐의 기본개념이다. 이연복 쉐프는 음식 만드는 일과 방송 일을 동시에 하는 것에 스트레스를 받지 않느냐는 질문에, "오히려 전혀 다른 두 영역의 일을 하니까 지치지 않고 오래도록 즐겁게 일할 수 있게 됐다."

고 했다. 음식을 만들다가 지치게 되면 방송을 하면서 회복이 되고, 방송을 하다가 슬럼프에 빠지면 음식을 만들면서 에너지가 채워지는 경험을 한다고 했다. 이처럼 부캐를 가지면 자기 회복력이 높아진다. 맨날 밥만 먹고 살기보다 가끔 중식도 먹고 양식도 먹는 것이 사는 재미이듯이 부캐는 삶의 새로운 에너지가 된다. 부캐의 순기능이다. 이제 누구든 부캐를 갖고자 한다. 일상이 됐다. 부캐는 팍팍한 삶에서 새로운 돌파구로 각자의 행복을 추구하는 방식이 되었다.

이렇게 부캐가 장점이 많긴 하지만 만능 해결사는 아니다. 자칫하면 일만 벌여 놓고 수습하지 못해 오히려 삶이 엉망이 될 수도 있다. 부캐 심리는 현재에서 벗어나고 싶다는 마음에서 비롯되는 측면도 있기 때문이다. 처음엔 재미있던 일도 수준이 높아지면 어려워진다. 대부분 어려워지면 포기하지만, 어려운 단계를 극복하면 진짜 재미를 맛볼 수 있게 된다. 처음 재미가 대상이 주도권을 쥔 재미라면, 기본을 익혀 일정 수준에 올라선 다음의 재미는 내가 주도권을 쥔 재미가 된다. 그때부터 재미는 오롯이 내 것이 되어 갖고 놀 수 있게 된다.

기본의 탄탄함이 '재미·흥미·만족'을 보장한다. 본캐는 기본이다. 본캐의 기본이 부실하면 부캐도 부실해진다. 하나를 보면 열을 알 수 있는 것처럼 이 세상 모든 일들도 마찬가지다. 그 기본은 '그

일에 최선을 다하는 것'이다. 팔방미인(부캐소유자)들은 대부분 본캐의 성공 방식을 토대로 부캐를 만들어 즐겁게 사는 사람들이다.

한꺼번에 두 가지 이상의 일을 하면 속도가 느려지고 실수를 더 많이 하게 되어 일의 속도는 더 느려진다. 미국 밴더빌더 대학 르네 마로아(René Marois) 교수의 연구 결과에 따르면, 두 가지 과제를 동시에 처리한 사람들이 하나씩 순서대로 처리한 사람들보다 시간은 30% 더 걸렸고, 실수는 두 배 이상 더 했다. 멀티테스킹은 일을 더 많이 하고 있다는 짜릿함을 선사하지만, 명백하게 생산성을 떨어뜨린다. 더 많이 일을 하는 것처럼 느껴지지만, 실제로는 일을 덜 할 뿐 아니라 더 못하게 된다. 나는 본캐가 시원찮으면 부캐도 시원찮을 수밖에 없다고 생각한다. 시원찮은 부캐를 남발하면 몸은 바쁜데 되는 일은 없게 된다. 부캐를 만들고 싶다면 기본에 충실해야 한다. 인생의 모든 일이 좁게 보면 파란만장 특별한 것 같지만 넓게 보면 기본을 벗어나지 않기 때문이다.

왜 모자는
보아뱀으로 보아야 하고

왜 모자는 보아뱀으로 보아야 하고, 달걀은 깨서 세워야 하는가? 어린 왕자가 모자를 보고 '코끼리를 삼킨 보아뱀'이라고 본 것과, 콜럼버스가 달걀을 세우는 방식은 다른 생각, 새로운 관점을 설명하는 단골손님으로 쓰여 왔다. 하지만, 달걀은 꼭 깨서 세워야 하고, 또 모자를 코끼리를 삼킨 보아뱀으로 보아야 할 필요는 없다. 그것은 또 하나의 고정관념일 뿐이다. 단지 우리는 그들의 관점과 생각의 가능성을 존중하고 믿으면서 우리 각자의 방법을 찾는 계기로 삼는다면 충분하다. 그것은 그냥 모자이고, 달걀을 세워야 한다면 어떤 방식으로든 세우면 된다. 애초에 있지도 않은 경계선을 미리 그어놓고 그 경계선에 속박될 필요는 없다. 내 앞에 놓인 모자는 어린 왕자의 모자가 아니고, 나의 모자이다. 나의 관점으로 바라보아야 하는 나의 모자이다.

코로나19는 베이비붐 세대를 급속하게 뒷전으로 밀려나게 했다. 이제 어떻게 살아야 할까? 로버트 퀸(Robert E. Quinn) 미시간대 교수는 자신의 책에서, 세상이 전광석화처럼 바뀌고 있는데, 많은 개인과 조직들은 '딥체인지'(Deep Change, 근본적인 변화)를 포기하고 '슬로우데스'(Slow Death, 점진적인 죽음)라는 파괴적인 길을 향하고 있다고 경고했다.

베이비붐 세대란 전후 불경기에 태어나 사회·경제적 안정을 거친 세대를 지칭한다. 이는 각 나라의 사정에 따라 그 연령대가 다르게 나타난다. 대한민국에서는 1955~1963년 사이에 태어난 약 900만 명을 말한다. 미국에서는 1945~1965년 사이에 태어난 세대 약 7,200만 명을 말하고, 일본의 경우는 1947~1949년 사이에 태어난 약 680만 명을 말한다. 우리나라 베이비붐 세대가 이제 은퇴를 시작했다. 은퇴한 세상은 녹록지 않다. 코로나19도 한몫 거든다. 그럼에도 베이비붐 세대가 '딥체인지'를 회피하고 아직도 '내가 대한민국의 오늘을 만들었다'는 과거 영광의 추억에 갇혀있다면, '슬로우데스(점진적인 죽음)'을 맞이하게 될 것이다.

코로나19는 모든 세대에게 딥체인지를 요구하고 있다. 예외는 없다. 코로나19 이전과 이후는 완전히 다른 세상이 되고 말았기 때문이다. 이제 세상은 베이비붐 세대에게도 생각의 뿌리부터 바꾸라고 요구하고 있다. 딥체인지는 내가 바꾸고 싶다면 바꾸고, 싫으면 안 해도 되는 일이 아니다. 난데없는 상황에 내동댕이쳐져 버린 베이비붐 세대도 새로운 세상의 문법, 즉 새로운 생각과 새로운 습관을 익혀야 한다. 앞으로 30년 이상을 삶의 주인공으로 계속 살아가고자한다면 바뀌어야 한다. 첫째, 아직도 자신이 주류세력일 거라는 착각에서 벗어나는 것이고, 둘째, 바뀐 세상에 맞게 자신을 딥체인지(근본적인 변화) 해야 한다. 그러면 베이비붐 세대가 다시 세상의 주류가 되기는 어렵겠지만, 자기 삶의 주인공은 될 수 있다.

군자의 도는 먼 곳을 가려면 반드시 가까운 곳에서 시작하는 것과 같으며, 높은 곳에 오르려면 반드시 낮은 곳에서부터 시작하는 것과 같다(중용 15장)는 말이 있다. 모든 일의 시발점은 자신의 주변부터라는 평범한 진리이다. 아무리 세상이 급작스럽게 변했다고 하더라도 그 시작의 기본은 자신과 맞닿은 가까운 문제에서 시작된다.

음식 주문은 키오스크(kiosk)를 통해서 하고, 인터넷 회사에서는 화폐를 만든다. 심지어 스타벅스 같은 커피 회사에서도 자체 화폐를 발행한다. 요즘의 회식문화도 언택트 회식으로 바뀌어 다자간 화상통화를 하면서 회식한다. 친구들과의 만남도 줌(Zoom)의 화상을 통해 접속한 다음 각자 사 온 맥주와 안주를 자기 방에서 먹으면서 화상으로 수다를 떨고, 즐거워하면서 우정을 다진다고 한다. 비대면 상태에서도 우정이 깊어질 수 있다는 현실을 생각해 본 적 없는 나로서는 놀라울 따름이다. 베이비붐 세대가 자기 삶의 주인공으로 살기 위해 꼭 염두에 둘 생각이 있다. 지금 당장 눈앞에 있는 문제부터 또 박또박 차근차근 심도 있게 점검해 나간다면 캄캄해 보이는 현실의 문제도 또렷하게 알아챌 수 있을 것이다.

다시, 고정관념이 무엇인가? 어떠한 의심도 없이 하던 대로 마땅히 그렇게 하는 것이다. 이는 코로나19 이후 달라진 세상이 요구하는 것이 아니다. 그것은 합리적이지도, 과학적이지도, 이성적이지도 않다. 하던 대로 행동하면 하던 대로 생각하게 된다. 변화가 없다. 뒤처진다. 다르게 행동하면 다르게 생각하며 살 수 있다. 다른 생각을 갖기 위해서는 지금까지 살아온 삶의 문법을 새로운 문법으로 바꾸는 데서 시작된다. 나의 삶의 기본을 바꾸어야 기본을 지킬 수 있다. 어깨에 힘을 빼고 새로운 습관과 마주해야 한다. 모든 사람이 첫사랑을 그리워하는 것은 첫사랑 자체보다 첫사랑 할 때의 그 감성, 그 열정을 그리워하는 것이다. 만약 베이비붐 세대가 첫사랑의 열정으로 새로운 세상과 첫사랑을 다시 시작한다면 자신만의 보아뱀을 발견할 수 있지 않을까 싶다. 청년들에게도 똑같이 적용되는 상황이 아닌가 싶다.

자전거가 뭔지 안다고 해서,

자전거가 뭔지 안다고 해서, 자전거를 탈 수 있는 것은 아니다. 백과사전을 찾아보고 학술논문을 여러 편 읽어서 자전거 박사가 된다고 자전거를 탈 수 있는 것도 아니다. 반면 자전거를 타 본 사람은 자전거의 사전적 의미를 모르더라도 자전거가 무엇인지 안다. 머리로 아는 것과 몸으로 아는 것의 차이다. 또 다른 예로, 사랑이란 말 속엔 사랑이 없다. 사전에도, 백과사전에도, 논문에도 사랑은 없다. 사랑은 오로지 경험할 때만 있다. 아기를 안으면서, 연인과 데이트를 하면서, 부부가 함께 걸으며, 봄꽃을 함께 보면서. '아, 이런 것이 사랑이구나, 이런 것이 행복이구나'하며 느껴질 뿐이다. 사랑은 지금 서로 사랑하고 있는 사람에게만 존재한다. 머리로 아는 것과 가슴으로 아는 것의 차이다.

새 대통령이 취임했다. 취임사에서 35번의 자유를 외쳤다. 대한민국이 그 정도로 자유에 목말라 있는 나라인지는 별로 중요하지 않다. 새 대통령으로서 대한민국을 더 좋은 나라로 만들겠다는 의지를 표현한 것으로 이해하면 된다. 오히려 중요한 것은, '어떤 자유'인가 다. 당연히 자유라는 말 속엔 자유가 없다. 말로 외친다고 자유가 생겨나는 것도 아니다. 자유는 오로지 온몸으로 경험하고, 온 마음으로 느껴야 그 존재함을 만끽할 수 있다. 마치 자전거를 타는 것처럼, 마치 사랑을 하는 것처럼. 자유로운 삶은 자유라는 말이 무슨 말인지 알 필요 없는 삶이다. 정의도, 공정도 마찬가지다. 그딴 것 모르고 살아도 불편하지 않다면 자유가 제대로 작동하고 있는 자유로운 세상이다.

노자 도덕경 38장에 덕(德)에 대한 내용이 있다. 거칠게 풀어보면 다음과 같다. '덕이 높은 사람은 덕을 겉치레로 표현하지 않고, 덕이 낮은 사람은 덕을 겉치레로 표현한다. 덕이 높은 사람은 사심 없이 행동하고, 덕이 낮은 사람은 사심을 갖고 행동한다.' 당연한 말이니 공감할 수 있다. 이어서 '어진 사람이 어떤 행동을 하면 저절로 그렇게 하는 것이며(仁), 의로운 사람의 행동은 작은 행동이라도 의도한 마음으로 하는 것이다(義).' 의도가 있다는 것은 자신만의 기준이 있고 그 기준에 의해 판단한다는 말과 같다. 어진 사람이건 의로운 사람이건 둘 다 본받으면 나에게 좋다. 반면 '예(禮)를 높이 사는 사람은 내가 상대방에게 예를 갖췄는데 상대로부터 대응을 못 받으면, 삿대질하며 상대방에게 예를 갖추라고 강요한다.' 소인의 행태이니 굳이 본받을 필요는 없다.

예의 바름이 미덕인데, 도덕경에서는 가장 낮은 것으로 취급한다. 예를 따져야 하는 상황은 서로 간에 믿음이 부족하여 서로 믿음을 확인하는 최후의 방법이기 때문이다. 즉, 도(道)·덕(德)·인(仁)·의(義)가 희박해졌을 때 예가 나타나는 것이니 당연히 예는 사회 혼란의 원인이다. 도를 잃어야 덕이 나타나고, 덕을 잃어야 인이 나타나고, 인을 잃어야 의가 나타나고, 의를 잃어야 예가 나타나는 것처럼. 예법을 강조할수록 서로 믿을 수 없는 혼란스러운 세상이 되고, 법을 강조하여 법률을 촘촘히 만들어 남발할수록 오히려 법을 어기는 법꾸라지들이 득세하여 무법천지가 된다.

우리 앞엔 언제나 문제가 있다. 문제는 분명해야 풀기 쉽나. 어기서 문제(problem)와 분명한(obvious) 두 단어에 주목할 필요가 있다. problem은 '바로 그대 앞에 있다'는 헬라어 어근에서부터 나왔고, obvious는 '바로 그대 앞에 있다'는 뜻의 라틴어 어근에서 나왔다. 즉, 두 단어는 '바로 내 앞에 있다'는 같은 뜻이다. '문제'와 '분명함'은 한 몸이다. 문제도 내 앞에 있고, 분명한 답도 내 앞에 있다. 문제를 분명하게 알면 분명한 해결책도 나온다. 아쉽게도 사람들은 '바로 내 앞에' 있는 문제를 보지 않는다. 오히려 동떨어진 먼 곳만 본다. 엉뚱한 곳을 바라보면서 세상 고상한 일 혼자 다 하는 척 너스레를 떤다. 문제를 안 보니 문제를 모르고, 안 보니 헛발질한다. 하긴 "내 눈앞에 있는 것을, 내가 본다는 것이 정말 어려운 일"이라고 비트겐슈타인도 말하긴 했다. 그럼에도 답을 얻고 싶다면, 지금 내 앞에 있는 것을 보고, 지켜보고, 관찰하도록 좀 더 주의를 기울이면 된다. 답은 생각보다 가까이에 있다. 먼 곳에 있지 않다. 지금 경제위기로 힘든 국민의 문제는 무엇인가? 덴마크 속담에 '새의 노래보다는 빵이 낫다.'는 말이 있고, 일본 속담엔 '꽃보다 경단이 낫다'는 말이 있고, 우리나라 속담에는 '금강산도 식후경'이라는 말이 있다. 그렇다. 국민의 문제는 빵이다. 빵이면 충분하다. '빵만으론 살 수 없다'는 고상한 말씀은 빵이 해결된 다음 문제다. 자유는 무슨 개뿔.

픽사(PIXAR) 애니메이션 영화 소울(Soul)에 소개되어 유명해진 바다를 찾는 물고기 이야기가 있다. 어린 물고기가 나이 든 물고기에게 다가가 이렇게 물었다. "전 바다라고 불리는 그 엄청난 것을 찾고 있어요," 나이 든 물고기가 말했다. "바다? 그건 지금 네가 있는 곳이야." 그러자 어린 물고기는 이렇게 말했다. "에이, 여기는 (시시한) 물이잖아요. 내가 원하는 것은 바다라고요! 바다!"

지도자는 어때야 하는가?

지도자는 어때야 하는가? 최상의 지도자는 그가 있는지 없는지 국민이 느끼지 못하고, 그 아래 지도자는 국민이 그와 친해지고자 칭송한다. 나쁜 지도자는 국민이 그를 두려워하는 것이며, 가장 몹쓸 지도자는 국민이 그를 멸시하고, 경멸하고, 비웃는 것이다. 국민이 아무것도 모르는 바보천치 같아도 속생각은 빠르다. 세상 이치가 그렇다. 세상 이치는 겉으로 보기에는 헐렁헐렁 구멍이 숭숭 뚫린 것 같아도 하나도 빠뜨리는 일이 없다. 국민이 살기 좋은 나라는 어떤 일이 잘 풀려 성공하였을 때 '자신의 능력으로 성공했다'고 생각하며 사는 나라다. 국민이 그렇게 생각하며 살도록 만드는 지도자가 최상의 지도자이다. 아무튼 좋은 지도자가 되기 위해서는 눈앞의 현실에 기초해서 통치해야지 관념적인 이념을 가지고 통치하면 낭패를 본다.

지도자가 참모로 쓸 수 있는 4가지 유형의 장교가 있다. '똑부·똑게·멍부·멍게'가 그것이다. '똑부'는, 똑똑하고 부지런한 사람이다. 그는 마주한 문제의 정확한 핵심을 짚어 부하들의 집단지성을 적절하게 활용할 줄 안다. 자기의 꿈을 위해 펄펄 날아도 되고, 다른 사람 앞에 서도 충분한 사람이다. '똑게'는, 똑똑하고 게으른 사람으로, 주어진 일만 효율적으로 하려는 안타까운 사람이다. 게으르지만 가끔 창의적인 해결 방안을 내기도 한다. 그의 능력을 북돋아 주면 능력을 발휘한다. '멍게'는, 멍청하고 게으른 사람이다. 그냥 자기에게 맡겨진 일이나 제대로 하는 것으로 만족해야 할 유형이다. 욕심부려 남 앞에 서면 설수록 문제가 생겨 모두가 힘들어진다. '멍부'는, 멍청하고 부지런한 사람으로 이 유형이 가장 위험하다. 반드시 조직에 해를 끼친다. 보통 사람이라면 자신만 힘들고 말 텐데, 관리자가 되면 조직을 위태롭게 만들기 때문이다. 지도자는 참모를 적절하게 활동할 수 있어야 한다.

일반적으로 지도자는 똑똑하면서 게을러야 한다고 말한다. 지도자가 게을러야 부하에게 일할 기회를 줄 수 있으니 부하들의 집단지성을 끌어낼 수 있다는 근사한(?) 이유 때문이다. 내 생각은 다르다. '평가는 누구나 한다'는 말이 있다. 대부분 관리자가 되면 실무에서 벗어나 부하들이 한 일을 평가한다. 처음에는 현장 감각이 살아 있으니 명석한 답을 내지만, 시간이 지날수록 현장 사정을 잘 알지 못하게 된다. 그의 평가는 점점 무디어져 일을 돕기는커녕 방해하는 꼴이 된다. 현장에서 밀려나고 조직에서도 내쳐진다. 대부분의 똑똑했던 관리자들이 중도하차 하는 이유다. 일상의 모습들이다. 오늘 똑똑하다고 내일도 똑똑할 것이라는 보장은 없다. 똑똑함을 유지하기 위해서는 세상 흐름에 맞게 자기의 능력을 좋은 쪽으로 변화시켜야 한다. 공부해야 한다. 나이 들어도 여전히 현장에서 활기차게 일하는 사람은 공부하는 사람이다. 지도자도 공부하는 사람이어야 한다. 지도자는 똑똑하고 부지런해야 한다. 그래야 참모를 적절하게 활용하는 지도자가 될 수 있다. 아무튼 스스로 변하는 지도자는 총명함을 유지할 수 있다.

흔히들 정치인은 명쾌하고 정치꾼은 공허하다고 말한다. 문제가 무엇인지 분명히 알면 명쾌해질 수밖에 없고, 문제가 무엇인지 모르면 알맹이 없는 헛소리를 할 수밖에 없으니 공허한 말만 하게 된다. 자신과 다른 의견을 많이 들을수록 명쾌해지고, 자신과 같은 의견만 들을수록 외골수가 된다. 외골수가 되면 멋있어 보이는 남의 생각을 흉내 내다 낭패를 본다. 장자(莊子) 천운(天運) 편에 동시효빈(東施效嚬)이란 이야기가 나온다. 중국 4대 미인에 속하는 서시(西施)는 지병으로 얼굴을 찡그리며 배를 움켜쥐는 습관이 있었다. 그런데 그 찡그리는 모습까지 아름답게 보였다. 못생긴 동시(東施)가 자기도 서시처럼 행동하면 예쁘게 보일 것이라 생각하여 따라 했다. 사람들은 이 괴상한 모습을 보고 기겁을 했다. 어떤 사람들은 너무 보기 싫어서 문을 닫아걸기도 하고, 어떤 사람은 그녀의 그림자만 봐도 달아나 버렸다고 한다. 즉 자기의 분수, 능력을 따져보지도 않고 남의 좋은 명분을 맹목적으로 흉내 내면 큰 낭패를 보게 된다. 가정이라면 가정이 깨지고, 조직이라면 조직이 망가진다. 나라라면 나라가 무너진다. 누구든 정답을 아는 것은 별로 어렵지 않지만, 정답을 꾸준히 실천하기는 어렵다. 좋은 지도자가 되기 어려운 이유이다. 지도자는 무조건 똑똑하고 봐야 된다.

일반적으로
예술영화는 재미 없다

　일반적으로 예술영화는 재미없다. 정설이다. 어디 어디서 상 받은 영화치고 재미있는 경우는 드물다. 특히 그 영화제가 예술영화제에 가까울수록 더욱 그렇다. 물론 재미있는 예술영화도 많다. 나는 영화에 대해 특별히 관심이 없다. 영화에서 어떤 의미를 찾으려고도 하지 않는다. 나에게 영화는 머리를 식히는 괜찮은 도구 정도다. 복잡한 현실을 잠시 잊게 해주면 그것으로 '탱큐!'다. 영화 보면서까지 머리 싸잡아 가며 공부하고픈 마음이 없기 때문이다. 예술영화든 대중영화든 재미있으면 되고, 감동이 있으면 나에게 좋은 영화이다. 그렇다고 영화의 예술성을 폄훼하는 것은 아니다.

　예술영화에 대해 그동안 내내 궁금했던 것이 있다. 대부분의 예술영화는 왜 어렵고, 왜 재미없고, 왜 흥행에 참패하는 가다. 물론 내가 수준이 낮으니 어려울 수 있고, 영화 속에 담긴 의미를 포착해 낼

지적 능력이 없으니 재미없을 수도 있다. 그것은 내 수준 탓이다. 그런데 흥행에 성공하지 못하는 것은 꼭 나의 수준 때문만은 아니다. 어쩌면 나처럼 단순무식(?)한 관객들이 많기 때문일 것이다. 그럴 수 있다. 그런데 과연 그런가?

예술이 새로운 관점을 제시하는 것이라고 볼 때, 어떤 분야든 새로운 관점 제시가 꼭 어려울 필요는 없다. 재미없을 이유도 없다. 오히려 어려워선 안 되고, 재미없어서도 안 된다. 어렵고 재미없으면 공감의 폭이 줄어든다. 공감받지 못하면 예술에서 주장하는 새로운 관점은 '듣보잡'이 되고 듣보잡이 되면 기껏 발견한 예술의 새로운 관점은 더 이상 새로운 관점이 되지 못하고 쓰레기통에 처박혀 누군가의 부질없는 헛소리로 취급받는다. 새로운 관점을 발견하는 것도 중요하지만, 새로운 관점을 관객(또는 대중)에게 전달하여 관객과 소통하여 공감의 장을 이루어 내는 것이 더 중요하다. 특히 영화는 그렇다. 영화라는 장르는 애초에 대중을 상대로 만들어진다. 영화감독 혼자 보려고 만드는 것은 아니지 않은가.

예술가가 처음 새로운 관점을 발견했을 때 그 관점은 순전히 예술가 혼자만의 생각이다. 그는 그 문제에 대해 오랜 시간 고민하였을 것이고, 나름의 자기 논리를 갖고 그 관점을 찾아냈을 것이다. 하지만 그 관점을 처음 접하는 대중에겐 '듣보잡'이다. 대중은 '도대체 무슨 말을 하는 거냐?'며 따져 물을 것이다. 그때 예술가는 자신이 찾은 새로운 관점 즉 특별한 관점을 예술가의 언어가 아닌, 대중의 언어로 대중이 이해할 수 있게 설명해 주어야 한다. 그래야 대중은 그것이 '듣보잡'이 아니라, 새로운 관점임을 알아차릴 수 있다. 알아차리면 공감하고 감동할 수 있다. 그 어떤 것이든 이해해야 공감하고, 공감해야 감동한다. 어떠한 경우라도 건너뛰는 일은 없다. 이해 없는 공감 없고, 공감 없는 감동도 없다. 주로 어설픈 하수들이 건너뛰려고 애를 쓰다가 실패한다.

어설픈 하수들은 자신들만의 고집으로 울타리를 만든다. 그 안에 들어오면 인정해 주고 들어오지 않으면 배척한다. 하수들이 자주 하는 말은 '나는 세상이 나의 예술을 이해해 주지 못해도 괜찮아' '나는 나의 예술에만 신경 쓸 거야.' 등이다. 삼류들의 공감은 삼류끼리만의 독선과 아집에 기반하니, 자기들끼리는 통할지 몰라도 다른 사람들은 그들의 예술에 공감하지 않는다. 무시한다. 그들이 떠들면 떠들수록 비웃는다. 그럼에도 삼류들은 꿋꿋하게 모른 척한다. 가끔, 자신들의 모자란 소통 능력 때문에 대중이 이해하지 못하는 것을 두고, 대중들의 낮은 수준 때문이라며 도리어 화를 낸다. 예술을 모르는 생각 없는 짐승이라고 거품 물며 나무란다. 절대로 자신들의 미숙함에 대해서는 말하지 않는다. 반성도 하지 않는다. 짐승처럼.

분명한 사실은 대중은 예술가를 이해할 의무도 필요도 없다는 것이다. 대중은 그저 예술을 즐기는 것만으로 충분하다. 예술가는 자신의 예술을 위해 목숨 바치는 것이 당연하다. 관객은 그저 가볍게 즐기는 것만으로도 예술을 예우하고 응원하고 존중하는 것이 된다. 관객은 그냥 예술이 있는 장소에 가까이 가주는 것만으로도 훌륭한 자격을 갖춘 것이고, 작품과 마주하는 것만으로도 예술가를 인정해 주는 것이 된다. 관객이 갖추어야 할 자격이란 애초에 없다. 단, 무엇이든 아는 만큼 보이고 느낄 수 있듯이, 마주한 예술을 깊이 즐기기 위해 작품에 대해, 작가에 대해, 그 외의 기본 정보에 대해 아는 것은 대중 자신의 선택이다. 그 공부가 작가나 작품에 대한 예의나 존중은 아니다.

어쨌든 예술의 생산을 위해서는 상상력이 필요하지만, 예술의 소비를 위해서는 즐기는 능력만 있으면 된다(John Berger). 그 상상하는 능력은 예술가의 기본이다. 이 기본능력이 부실하면 공감받는 예술가가 될 수 없다. 예술은 직접적이고 연상적인 언어이며, 다른 분야의 의사소통과 마찬가지로 나름의 문법과 구문을 가지고 있다. 그 문법과 구문을 터득하는 것이 예술의 기본이다. 만약 예술가가 이 기본을 건너뛰려 한다면 고수가 될 수 없다. 내가 좋아하는 절권도의 창시자 이소룡이 말한 바 있다. "만 가지 킥을 구사할 줄 아는 사람은 두렵지 않다. 그러나 한 가지 킥을 만 번 연습한 사람은 정말 두렵다." 나는 이 말을 예술가의 기본이라고 생각한다. 무엇이든 한 가지를 만 번 하면 마디마디의 디테일을 알게 된다. 기본이 튼튼해진다. 자세히 아니까 좋아하고, 좋아하니까 또 잘하게 된다. 한 가지를 만 번 하는 이유이다. 만 번의 발차기를 하면, 만 가지 표현을 자유자재로 할 수 있다. 세상 모든 일들이 그렇다! 예술마저도.

오늘을 바꾸면
과거도, 미래도 바뀐다

오늘을 바꾸면 과거도, 미래도 바뀐다. 과거는 추억이 되고 미래는 새로워진다. 과거는 아름다워지고 미래는 기대로 바뀐다. 현재를 바꾸지 않으면 과거는 후회가 되고 미래는 찌질해지고 암담해진다. 지금 여기, 이 시간을 대하는 태도가 중요한 이유다.

특권층은 특권을 기본권이라고 생각한다. 그들에겐 특권이 공정이고 상식이다. 특혜도 마찬가지다. 맨날 특혜만 받으며 살던 자들에겐 특혜가 기본권이다. 그들에겐 특혜가 공정이고 당연한 상식이다. 보통 사람들이 생각하는 공정과 상식은 그들이 생각하는 공정과 상식과는 조금 다른 게 아니라 전혀, 전혀 다르다. 대체로 그들은 배운 자들인데 그들의 말들은 수려하고 거창하고 정의롭다.

프랜시스 베이컨(Francis Bacon)의 '동굴의 우상'은 개인적인 특성 때문에 사실을 있는 그대로 파악하지 못하는 편견을 말한다. 마치 동굴에 묶여 있는 죄수처럼, 넓은 세계를 있는 그대로 바라보지 않으려는 것이다. 니체의 '확신의 감옥'은 지나치게 확신에 찬 사람들이 가치와 무가치에 대한 근본 문제를 전혀 고려하지 못하고, 아집에서 빠져나오지 못하는 경우를 말한다. 또한 장자의 '바늘구멍으로 하늘 보기'는 전체를 포괄적으로 보지 못하고, 자신의 좁은 소견이나 관찰로 세상을 재단하는 것을 비꼬는 말이고, '수박 겉핥기'는 어떤 일을 대충 한다는 뜻으로 문제를 제대로 파악하지 않는 사람을 탓할 때 하는 핀잔이다.

편견, 확신, 좁은 소견, 불성실함 등의 양상을 보이는 사람들은 대체로 확증편향에 빠진 상태라고 봐도 무리가 없다. 무엇이든 결론을 정해놓고 시작하기 때문이다. 답정너. 그들은 자신은 똑똑하다고 우쭐대지만 실제로 그들의 생각은 사막과 비슷하다. 사막에는 풀 한 포기 나지 않으니 생명력이 있을 수 없다. '항상 맑으면 사막이 된다. 비가 오고, 바람이 불어야만 비옥한 땅이 된다'는 스페인 속담이 있다. 자기 생각만 옳다고 단정하며 남의 말은 무시하는 편견이 바로 생각의 사막인 셈이다. 기억에 남는 여행은 맑은 날의 여행보다 오히려 궂은날 경험한 여행이 더 많다. 그렇다. 여행을 갔을 때 어떤 날은 맑아서 좋고, 어떤 날은 비가 와서 운치 있고, 어떤 날은 바람 불어 스릴 넘치는 좋은 여행이 된다. 여행에 나쁜 날씨는 없다. 생각도 마찬가지다. 다른 생각에 나쁜 것은 없다.

문제는 진정성이다. 소피스트는 자신의 이익을 위해 말장난을 한 탓에 철학사에서 인정받지 못했다. 그들은 옳고 그름을 말한 것이 아니라, 말싸움에서 이기는 방법을 말했다. 그들에게 옳고 그름, 정의 따위는 중요하지 않았다. 오로지 수단과 방법을 가리지 않고 말싸움에서 이기는 것만 중요했다. 그것으로 자신들의 배는 채웠으나 궤변론자라는 오명을 뒤집어썼다. 그들이라고 올바른 생각이 없었을까. 있었지만 옳지 않게 사용하였다. 요즘으로 치면 시험점수를 높이는 족집게 일타강사의 역할만 했기 때문에 그들의 철학은 희미해졌다. 소크라테스도 소피스트였다. 그러나 그는 이기는 기술이 아니라 참된 진리를 말했고, 정의를 말했고, 옳고 그름에 대한 실천에 대해 말했다. 그는 인류의 4대 성인의 반열에 올라 아직도 존경받고 있고, 영향력도 발휘하고 있다.

세 치 혀로 개고기를 양고기라 속이는 양두구육(羊頭狗肉), 앞에서는 웃는 낯짝으로 아첨하면서 뒤로는 뒤통수를 치는 교언영색(巧言令色), 학문을 올바르게 사용하지 않는 곡학아세(曲學阿世), 이런 지식인이 많으면 세상은 순식간에 걷잡을 수 없이 혼란스러워진다. 그 혼란은 고스란히 국민의 피해로 돌아간다. 정부는 그런 인간 말종의 지식인이 득세하지 않도록 해야 할 의무가 있다. 지식인의 범죄는 언제나 고상한 정의, 고상한 상식, 고상한 공정으로 포장되어 행해진다. 겉으로 거창하고 훌륭한 명분을 말하지만 실제로 하는 짓은 거꾸로다. 게다가 뻔뻔스럽기까지 하니 그들의 탐욕을 막을 도리가 없다. 그들은 말도 안 되는 궤변으로 사람들이 염증을 느끼도록 만들어 자신들을 믿지 못하게 한다. 그런데 그것이 그들의 전략이다. 그들은 사람들이 그들을 더럽다고 외면하여 감시를 소홀히 하면 그때 비로소 곳간을 턴다. 여유롭게 만면의 미소를 지으면서.

어찌 생각에 틀린 생각이 있겠냐마는 틀린 생각은 분명히 있다. 생각에는 '다른 생각'과 '틀린 생각'이 있다. 다른 생각은 같은 문제를 다른 관점으로 바라보는 생각이다. 다른 생각이 다양한 집단일수록 생산력이 높아진다. 그러니 다양한 생각을 하나로 모으기 위해 지속적이고 꾸준하게 인내를 가지고 토론하고 조율하면, 반드시 좋은 결과를 얻을 수 있다. 시간이 갈수록 풍요로워진다. 그러나 틀린 생각은 그렇지 않다.

틀린 생각은 그냥 틀린 것이다. 조율하고 토론할 수 없다. 만약, 틀린 생각을 두고 그것도 하나의 생각이니 귀담아 들어줘야 하고, 토론해야 하고, 조율해야 한다는 것은 경청이 아니라 무능이다. 세상을 어지럽히는 모든 일들이 틀린 생각도 하나의 생각이니 기회를 주어야 한다는 비겁한 경청에서 시작된다. 바로 지금, 정의는 정의로운 방법으로 지켜져야 하는 것이 아니라, 수단과 방법을 가리지 않고 반드시 지켜야 하는 것이라는 영화 '야차'의 투박한 메시지가 공감되는 이유는 무엇일까?

아름다움을 알게 되면
추한 것도 알게 된다

　사람이 아름다움을 알게 되면 추한 것도 알게 된다. 선함을 알게 되면 선하지 않은 것도 알게 된다. 다시 말해 아름다운 개념이나 선한 개념이 생겨나면 추하고 선하지 않은 개념도 생겨나는 것은 당연한 이치다. 세상의 거의 모든 지혜가 이렇게 만들어진다. 있고 없음, 어려움과 쉬움, 길고 짧음, 높고 낮음, 앞과 뒤, 등은 서로 대비하고, 음과 소리는 어울려야 그 정체를 온전히 파악할 수 있다(노자 2장).

　사람도 이와 같은 방식으로 세상을 이해한다. 사람은 원래 하나를 알면 둘을 알고, 한쪽 면만 보고도 보지 않은 다른 쪽을 유추할 수 있도록 태어났다. 만물의 영장이 된 이유다. 나와 상대방의 입장, 양쪽을 다 보게 되면 세상은 훨씬 더 따뜻해지고, 겸손해지며, 분명해지고, 의로워져서 서로 간에 신뢰를 얻을 수 있다. 우리는 이런 사람을 지혜로운 사람이라고 부른다. 그런데 그것이 쉽지 않다. 어쩌면 불가능할지도 모른다. 인간은 욕망덩어리이니까.

요즘 사람들은 디지털 AI 알고리즘의 세상에서 반대쪽을 볼 수 없게 되었고, 알 수 없게 되었다. AI 알고리즘은 내가 미국 여행에 관한 정보를 검색하면 그다음부터는 계속 미국 여행 관련 정보만 보여준다. 몇 번 더 검색을 진행하면 꽤 오랜 기간 미국 여행 관련 정보가 내 주위를 맴돈다. 나는 벌써 미국 여행을 끝내고 유럽 여행을 계획하고 있는데도 말이다. 편리한 AI 알고리즘의 나쁜 점이다. 여행에 관한 문제는 짜증은 나지만 그런대로 견딜 수 있다. 문제는 가치가 충돌할 때이다. AI 알고리즘은 보수적인 사람에게는 보수적인 정보만, 진보적인 사람에게는 진보적인 정보만 보게 만든다. 정보의 업데이트가 한쪽으로만 이루어지니 자신도 모르게 다른 쪽의 정보를 스스로 차단하는 것과 마찬가지다. 결국 보수인 사람은 더욱 보수화되고, 진보인 사람은 더욱 진보적인 사람이 된다. 시간이 지날수록 둘의 거리는 점점 멀어져 서로 소통하거나 타협할 가능성은 멀어진다. 불통이 일상화되는 것이다. 그렇게 서로를 무시하니 우든 좌든, 보수든 진보든 '전문 바보'가 되어버린다.

　　확증편향에 걸린 사람은 전문 바보다. 한쪽 정보는 수시로 업데이트하여 박식해졌지만, 상대편 정보는 전혀 모르게 되니 바보가 된 것이다. 전문 바보는 자기 생각과 일치하는 정보만 옳다고 받아들인다. 즉, 보고 싶은 것만 보고, 듣고 싶은 것만 듣고자 한다. 실제로 전문가 집단일수록 확증편향에 걸린 사람이 많다. 세상을 자신의 관점으로만 보려 하기 때문이다. 어쩌다가 자신이 틀렸다는 것을 알게 되었을 때도 인정하지 못하고, 끝까지 온갖 괴변을 끌어대며 자기가 옳다고 우긴다. 그래야 인지부조화를 해소할 수 있기 때문이다. 아는 것은 안다고 하고 모르는 것은 모른다고 말하는 것이 진짜 아는 것이고, 진짜 전문가라는 사실을 망각한 결과다. 결국 전문 바보는 보통 사람의 상식적 판단 수준에도 미치지 못하게 되어 망신만 당한다. 확증편향에 빠지면 무능해진다.

디지털 AI 알고리즘은 확증편향을 강화한다. 확증편향에 빠지지 않으려면, 자기 생각과 다른 일이 일어났을 때, 그 일이 아무리 사소한 것이라 할지라도 무시하지 말아야 한다. 반드시 반대편의 의견을 들어봐야 한다. 그렇지 않으면 세상 물정 모르는 어처구니없는 꼰대로 취급받는다. 그러니 '나도 언제든 틀릴 수 있음'을 알고, 아무리 내가 옳다고 생각해도 상대방의 말을 듣는 습관을 들일 필요가 있다. 상황을 정확히 파악하는 것만으로도 영특하고 지혜로운 전문가로 대접받는다. 확증편향에 걸려 내 목소리가 커지는 만큼 주위의 비웃음과 비난도 커져 대책 없는 꼰대로 전락하고 만다.

사람들은 나이가 들면서 하던 대로 생각하고 행동한다. 편하기 때문이다. 또한 새롭게 생각하기를 귀찮아하고, 새롭게 행동하기는 더욱 두려워한다. 그렇게 보수화된다. 보수화된다는 것이 꼭 나쁜 것만은 아니다. 젊을 때는 피가 끓는 시기이니 진보적인 성향이 당연할 수 있고, 나이 들면 지나온 삶의 긍정적 가치를 끝까지 지켜가야 하니 보수적인 성향이 되는 것이 심지 곧은 모습일 수 있다.

그러나 서로에게 "어찌, 그럴 수 있느냐?"며 삿대질하는 심각한 먹통은 문제가 된다. 이런 경우 보수는 가짜 보수가 되고, 진보도 가짜 진보가 된다. 둘 다 후지긴 마찬가지다. 보수라 하는 것이 공익을 위해 지킬 것은 지키고자 하는 것이니 좋은 가치이고, 진보도 공익을 위해 고칠 것은 함께 고치려는 것이니 좋은 가치이다. 훌륭한 보수와 훌륭한 진보는 언제나 상대방에 대해 경청한다. 왜? 살기 좋은 세상 만들자는 서로의 목적이 같으니까. 그런데 요즘 세상 돌아가는 꼬라지를 보면 그렇지 못한 것 같다. 서로의 멱살을 잡고 싸우는 시늉만 내는 꼴이니.

오드리 헵번이 죽음에 이르러 그녀의 아들에게 유언으로 샘 레벤슨(Sam Levenson)의 '시간이 일러주는 아름다움의 비결'이라는 시를 읽어주었다. '매혹적인 입술을 갖고 싶다면 친절한 말을 해라. 사랑스러운 눈을 갖고 싶다면 사람들의 선한 점을 보아라. 날씬한 몸매를 갖고 싶다면 그대의 음식을 배고픈 자와 나누어라. (중략) 사람들은 회복되고, 새로워지며, 활기를 얻고, 깨우쳐지며, 구원받아야 한다. 결코 누구도 버리지 마라.' 유언의 시처럼 서로를 배척하는 전문 바보가 아닌 서로에게 경청하는 지혜로운 전문가가 되었으면 좋겠다.

문제에는 '정답' 외에 '다른 답'이 있다

    문제에는 '정답' 외에 '다른 답'이 있다. 우리는 일반적으로 우리가 이미 알고 있는 정답보다 다른 답을 고정관념을 벗어난 창의적인 답이라고 우대한다. 신선하고 새롭기 때문이다. 또한 다양성을 인정하기 때문이다. 그래서 우리는 다른 답을 찾으려고 애쓴다. 이런 측면에서 정답의 다른 말은 다른 답이 될 수 있다.

    문제는 우리가 창의적인 다른 답을 찾으려 하다가 '틀린 답'을 창의적인 다른 답이라고 오해하는 경우이다. 그래서 실패한다. 틀린 답은 다른 답이 될 수 없다. 물론 정답도 될 수 없다. 내가 생각한 답이 틀렸다는 것을 알게 되었을 땐 처음으로 돌아가 사실을 차근차근 체크하고 다시 답을 찾으면 아무 문제가 없다. 문제가 될 때는 틀린 답을 다른 답이라고 우길 때다. 틀린 답에 이해관계의 감정을 이입시킬 때다. 그때부터 사실도 정답도 무의미해진다.

한비자 <전국책(戰國策)>에 삼인성호(三人成虎)라는 말이 나온다. '세 사람이면 없는 호랑이도 만든다'는 뜻으로, 설사 거짓말이라 하더라도 여러 사람이 말하면 틀린 답도 정답처럼 들린다는 말이다. 그 유래는 다음과 같다.

『중국 전국시대에 위나라 신하 방총이 조나라에 인질로 가는 태자를 수행하게 되었다. 방총은 왕에게 묻는다. "폐하, 한 사람이 저잣거리에 호랑이가 나타났다고 한다면 폐하께서는 믿으시겠습니까?" "그 말을 누가 믿나?" "그러면 두 번째 사람이 와서 저잣거리에 호랑이가 나타났다고 하면 믿으시겠습니까?" "반신반의하겠지" 방총은 재차, "이번에는 세 번째 사람이 찾아와 저잣거리에 호랑이가 나타났다고 하면 믿으시겠습니까?" 왕은 "그렇다면 믿을 수밖에 없지 않겠느냐"고 말했다.

그러자 방총은 말한다. 저잣거리에 호랑이가 나타나는 것은 있을 수 없는 일이지만, 세 사람이 이구동성으로 말하면 호랑이가 나타난 것이 됩니다. 제가 태자를 모시고 간 사이에 조정 대신들이 저에 대해 분명 많은 말을 할 것입니다. 왕께서 이를 잘 분간해달라고 말하자, 왕은 잘 알겠다고 하면서 걱정하지 말라고 하였다. 후에 방총이 조정에 복귀하였지만, 왕은 그를 만나보지 않았다. 결국 방총은 버림받고 말았다.』

이런 말도 안 되는 상황이 생기는 이유는 어떤 일이 누군가의 이익과 관계될 때다. 이익과 관계되면 대통령도 순식간에 원숭이로 만들어 버린다. 일단 내뱉어 놓고 강짜를 부려 마음껏 희화한 다음에 '아니면 말고'라고 시치미를 떼든지, 민주주의 사회에서 그 정도 '말도 못 하나?'라며 표현의 자유를 말한다. 얼마 전만 해도 권력을 향해 대놓고 직격탄을 날려도 별 탈이 없었다. 대한민국의 일상적인 모습이었다. 하지만 요즘엔 누구 할 것 없이 자기 검열의 시대를 살고 있다. '기레기' 때문에 언론 자유는 없어졌고, 무능한 대통령 덕분에 국민들의 표현의 자유도 없어졌다.

사실, 정답과 다른 답 그리고 틀린 답의 경계가 서로 억지를 쓰면 모호해지지만, 상식적으로 생각하면 너무 쉽게 알 수 있다. 아무것도 모르는 어린아이도 아름다운 것을 알고(美), 배우지 못한 사람도 선악을 알아서, 해도 되는 일과 안 되는 일을 구분한다(善). 물론 참인지 거짓인지(眞)까지도 알 수 있다. 이처럼 사람의 본성은 굳이 배우지 않아도 진·선·미를 구분할 수 있다. 그래서 사람이다. 우리가 이미 잘 알고 있는 진선미를 굳이 다시 배우는 것은, 사람의 본성인 진선미의 능력을 지켜가기 위함이지 거스르기 위한 것이 아니다. 부언하면, 배워야 알 수 있는 진선미가 머리에 있는 지식이라면, 배우지 않아도 알 수 있는 진선미는 가슴에 있는 지혜라고 해도 무방하다. 그래서 지식은 가슴으로 옮겨져야 하는 것이다.

세상의 거의 모든 문제가 지식이 가슴으로 내려오지 못하고 머리에 멈춰있으므로 생긴다. 머리에 있는 지식은 껍데기(현상)밖에 못 보지만, 가슴에 있으면 속(맥락)을 볼 수 있어 진실에 더 가까워질 수 있다. 머리에만 있는 지식은 공감 능력이 떨어져 상대방을 배려할 수 없게 된다. 공감할 수 없으니 자기 최면에 걸리고, 한쪽 지식에 심각하게 몰입하여 '확증편향'을 자초하여 틀린 답을 양산한다.

반면, 머리에 있던 지식이 가슴으로 내려오면 공감 능력이 생겨 지식이 지혜로 바뀐다. 지혜는 상대방을 배려하는 공감 능력에서 출발한다. 사람다움은 여기에서 발휘된다. 지혜는 틀린 것과 다른 것을 구분할 수 있게 한다. 즉, 깨어있는 사람으로 살게 해준다.

'틀린 답'과 '다른 답'이 헷갈리는 이상한 현상은 TV를 틀면 매일 목격된다. 애초에 '깜'이 안 되는 틀린 답을 가지고 매일 가타부타 열띤 토론이 펼쳐지고, 그곳에 정답이나 다른 답은 설 땅이 없다. 심지어 누군가 정답이나 다른 답을 이야기하면 편향적이라며 공공의 적으로 낙인찍어 마녀사냥해 버린다. 그렇게 TV의 이런저런 토론들은 토론이 아닌 예능으로 전락한다. 사실이 중요하지 않은 말초적인 가십거리의 광장이 되는 것이다. 그것으로 사람들은 호도된다. 물론, 사람들도 처음에는 말도 안 된다고 생각하다가 자신도 모르게 가십의 빨대 속으로 빨려 들어간다. 그야말로 삼인성호가 일상화되는 것이다. 그렇게 예능 토론은 제 할 일을 다 하고 새로운 빨대를 꽂을 가십거리를 찾아 나선다.

고등학교 시절,
100억 부자가 되고 싶었다

고등학교 시절, 100억 부자가 되고 싶었다. 가난했기 때문이다. 1988년 2월, 첫아이가 태어났다. 나는 첫아이를 가졌을 때 부자가 된 기분이었다. 돈으로 치면 100억 정도를 번 부자가 되었다. 이듬해 12월에 둘째 아이가 태어났다. 나는 또 100억을 벌었다. 두 아이로 인해 나는 200억 자산가가 되었다. 200억 부자가 되었으니 어릴 적 내 꿈은 30대 초반에 이미 2배나 초과 달성했다. 으쓱했다.

나는 이렇게 귀한 내 자식들이 반듯하게 자라기를 원했다. 나는 그들에게 평생 몸에 지니고 살아갈 삶의 기준을 주고자 했다. 그 기준은 자식을 위한 것이기도 하고 나의 무모한 욕심이기도 했다. 그래서 나는 못된 아버지다.

그 기준은 두 가지였다. 하나는 '효도하라'는 것이었고, 다른 하나는 '비겁하게 살지 말라'는 것이었다. 나는 틈만 나면 이 두 가지를 자식들의 젖먹이 시절부터 지금까지 꾸준히 이야기해 오고 있다. 거의 세뇌 수준이라고 하는 것이 맞을 것이다. 나의 당부는 두 아이의 머릿속에 상처로 남아있을지 모른다. 아니 상처가 되기를 원했다. 어떤 사람은 나의 두 가지 당부를 자식에게 가하는 아버지의 폭력이라고 말할 수도 있을 것이고, 어떤 사람은 세상 물정 모르는 과한 욕심이라고 비웃을지도 모른다. 하지만 나의 변명을 듣고 나면 나의 바람이 꽤 소박하다는 것을 알게 될지도 모르겠다.

'효도하라'는 말은 다음의 이유에서다. 아마도 내 아이들이 성장하면 자식들이 부모를 모시고 싶어도 모시지 못하는 세상이 될지도 모른다. 세계화 시대는 일상화될 것이고 삶의 가치변화도 달라진 시대가 될 것이다. 자식의 직장이 미국이 될 수도 있고, 영국이 될 수도 있다. 나는 서울에 살지만, 자식의 직장은 부산이 될지도 모른다. 그렇게 되면 자식이 부모를 모시고 싶어도 모시지 못하는 형편이 될 것이다. '효도하라'는 말을 맨날 듣고 자란 자식은 괴로울 것이다. 부모를 모셔야 하는데, 그렇지 못하니 미안할 것이다. 내가 원하는 것은 그 미안한 마음을 갖고 불편하게 살라는 뜻이다. 아마도 미안한 마음을 가진 자식은 보통 사람들이 부모에게 일 년에 한 번 찾아올 때 두 번 찾아오게 될 것이고, 한 달에 한 번 전화할 때 두 번 전화하게 될 것이라 나는 생각했다. 내가 자식에게 바라는 것은 항상 마음에 부모를 담고 살아가기를 바라는 마음 때문이었다.

자식에게 '비겁하게 살지 말라'고 당부한 말은 정의롭게 살라는 뜻이 아니다. 나는 기본적으로 사람의 성정은 태어날 때 어느 정도 정해져 있다고 믿고 산다. 어차피 비겁하게 태어난 사람은 비겁하게 살게 될 것이고, 비겁하지 않게 태어난 사람은 반듯하게 살 것이다. 내가 비겁하게 살지 말라는 뜻은 자신이 태어날 때 가지고 태어난 만큼만 비겁하게 살아가기를 바라는 마음에서다. 바늘 도둑이 소도둑 된다는 우리 속담이 있다. 비겁함도 마찬가지다. 비겁함은 순식간에 커진다. 나는 내 자식이 갖고 태어난 비겁함이 '소주잔' 크기라면 그만큼만 비겁하게 살고, '대접' 크기라면 그만큼만 비겁하게 살기를 원한다. 자신이 갖고 태어난 비겁함을 더 키우지 않고 살기를 바라는 나의 희망 사항이었다.

친구들은 나에게 세상 물정 모르는 고루한 소리하지 말라고 핀잔한다. 고루한 것과 반듯한 것은 다르다. 고루하면 썩지만 반듯하면 새로운 에너지를 만들어 낸다. 나는 믿는다. 효도해야 한다는 마음으로 살아가는 사람은 어딜 가나 환영받을 것이고, 반듯하게 살고자 하는 사람은 어딜 가나 인정받게 되어 있다. 나는 내 자식이 어딜 가나 환영받고 인정받는 사람으로 살기를 바란다. 아버지의 바람이고 이기적인 욕심이다.

이제 아이들은 장성해서 몇 년 전 결혼을 했다. 정말로 한 놈은 미국에서 살고 있고, 한 놈은 서울에서 살고 있다. 결혼 이후 나는 아이들에게 한 가지 당부를 했다. 일주일에 한 번씩은 엄마 아빠와 화상통화를 하자고. 그리고 형제끼리도 일주일에 한 번 화상통화를 하도록 하였다. 바쁜 일이 있더라도 이것만은 꼭 지키라고 당부했다. 짧게라도. 지금까지는 잘 지켜지고 있다. 언제까지 지속될지는 알 수 없지만.

남자와 여자는
그릇된 생각을 하며 산다

남자와 여자는 그릇된 생각을 하며 산다. 남자는 여자도 자기와 같이 생각하고 대화하고 행동하리라 기대하며 산다. 여자도 마찬가지 오해를 하며 산다. 이 오해가 얼마나 심각한지 남녀의 생각과 행동의 차이를 이해하는 데 도움 주는 책이 세계적인 베스트셀러가 되기도 했다. 화성 남자와 금성 여자에 관한 책도 있고, 남자들은 남의 말을 듣지 않고, 여자들은 지도를 보지 못한다는 책도 있다. 그럼에도 남녀는 여전히 서로 성급하게 요구하고 판단하면서 충돌한다. 증폭된 오해는 비판을 넘어 비난으로 치달아 서로를 거부하게 된다. 영원한 숙제다.

여자들이 남자들에게 흔히 느끼는 불만은 남자가 자신의 이야기를 듣지 않는 것이다. 여자는 공감을 기대하는데 남자는 그녀가 문제를 해결해 주기를 바란다고 오해한다. 또한 남자들이 흔히 느끼는 불만은 여자들이 늘 그를 변화시키려 하는 것이다. 남자가 원하는 것은 변화가 아니라 그녀에게 인정받는 것이다. 남자들은 능력과 효율, 업적을 중요하게 여겨 능력입증을 위해 끊임없이 노력하여 성공과 성취로 자기 존재를 확인한다. 반면에 여자는 사랑, 개인 간의 친밀한 관계, 대화, 아름다움 등에 높은 가치를 둔다. 서로 돕고 관심을 쏟고 보살펴 주는 일에 많은 시간을 들이면서 남들과 함께 나누는 관계를 통해 만족을 느낀다. 엇박자다. 남자나 여자나, 서로 행복하기 위해서는 자기가 좋아하는 방식이 아닌 상대방이 생각하고 느끼는 방식으로 표현할 필요가 있다.

어쩌면 한국 사회에서 보수와 진보도 화성 남자와 금성 여자만큼 차이가 있을지도 모른다. 가짜 보수, 가짜 진보라면 무슨 짓이든 자신들에게 이익되는 쪽으로 할 것이니 어떤 문제든 진흙탕 싸움으로 끌고 가겠지만, 서로 목적이 같은 진짜 보수와 진짜 진보라면 서로 이해하고자 노력할 것이기에 개선의 여지가 있을 것이다. 하지만 현 상황은 이 또한 우물가에서 숭늉 찾기 정도로 가망 없는 일이다. 그렇다면 최소한 같은 보수, 같은 진보끼리는 서로의 생각을 공유할 필요가 있다. 맨날 양비론만 떠들어 남의 흠이나 찾지 말고, 양시론으로 서로 좋은 점에서 토론을 이어갈 필요가 있다.

'양비론(兩非論)'은 'A도 틀렸고 B도 틀렸다'는 것이 기본이고, '양시론(兩是論)'은 'A도 옳고 B도 옳다.'는 논리를 기본으로 한다. 양비론이나 양시론이나 어느 한쪽 편을 들지 않고 중립을 유지하는 장점이 있지만, 정작 해답은 내놓지 않는다는 단점이 있다. 양비론이 특히 비난받는 이유는 당면한 갈등을 풀기 위한 핵심 문제에는 별 관심이 없고, 문제 자체를 흐릿하게 만들어 뭉개버리는 수법으로 악용되는 경우가 많기 때문이다. 양시론도 마찬가지 단점이 있지만, 그래도 양쪽 의견을 인정하면서 시작하므로 향후 어떤 계기가 마련되면 의견 조율 가능성이 남아있다는 점에서 양비론보다는 낫다. 최소한 같은 보수, 같은 진보끼리는 양비론보다는 양시론으로 접근하여 서로의 입장을 경청하여 진흙탕 싸움을 피해야 한다.

비판과 비난의 차이는 크다. 비판은 합리적 근거에 입각하고, 비난은 합리적 근거가 없거나, 작은 근거를 크게 부풀려서 말하는 것이다. 비판은 상대방의 행동과 의견에 대해 말하지만, 비난은 사람을 공격한다. 예를 들어 '보수란 공익을 위해 지킬 것은 지키자는 것인데, 이 의견은 공익보다 사익을 우선하기 때문에 동의할 수 없다, 또는 합당하지 않다'고 말한다면 비판이 되어 대화는 계속 긍정적으로 진행되어 결론을 이끌어 가겠지만, '너 몇 살이야, 넌 부모도 없냐? 그따위로 하니까 버릇없다고 욕먹는 거야' 등으로 인격을 건드리면 비난이 된다. 한마디로 파토를 내고 마는 것이다. 또한 비판은 서로 '윈윈'을 위한 의견제시이니 감정이 개입되지 않지만, 비난은 상대를 망가뜨리는 것이 목적이니 인신공격이 되어 감정을 상하게 한다. 화성 남자와 금성 여자도 비판을 통해 서로 이해의 폭을 넓혀야 행복해지듯, 보수와 진보도 비난이 아닌 비판으로 서로의 생각을 공유하여 더 나은 정치로 나아가야 한다.

논어에 '군자는 의(義)에 밝고, 소인은 이익(利)에 밝다(君子喩於義 小人喩於利)'는 말이 있다. 이 말을 정치에 적용하면 '정치인은 의에 밝고 정치꾼은 이익에 밝다'고 말해도 틀리지 않다. 여기서 의(義)는 공적인 큰 이익이고 이(利)는 사적인 작은 이익이다. 정치꾼은 눈앞에 보이는 작은 이익에 환장하여 큰 이익을 못 본 체하지만, 정치인은 눈앞의 작은 이익을 보면서도 공적인 큰 이익을 취한다. 사람이 이해(利害)를 모른다고 한다면 위선이다. 정당한 방법이라면 정치인도 이익을 취해도 된다. 사람이니까. 그러나 지도자가 되려고 하는 정치인이라면 자신은 물론 타인도 해치지 말아야 한다. 그렇게 명예와 이익을 동시에 성취하는 것을 의(義)라 한다. 모두를 위하는 큰 이익(義)을 실천하는 정치인이 요구되는 때다.

곧 총선이다. "악이 승리하기 위한 조건은, 선한 사람들이 아무것도 하지 않는 것"라는 영화 <너를 보내며>의 메시지가 와 닿는 이유는 무엇일까? 투표하자! 투표하자!

2부

새∼야
새∼야
파·
랑·
새·
야

새~야 새~야 파랑새야,

　"새~야 새~야 파랑새야 녹두밭에 앉지 마라. 녹두꽃이 떨어지면 청포 장수 울고 간~다." 1894년 동학농민혁명을 상징하는 노래다. 파랑새는 푸른색 군복을 입은 청나라 군대, 일본군, 우리나라 관군이다. 녹두밭은 동학농민군이고, 녹두꽃은 녹두대장 전봉준이다. 청포 장수는 백성이다. 바로 나다. 19세기 끝자락에서 낡은 봉건제도를 개혁하고, 사람이 사람답게 사는 만민평등세상(인내천)을 추구했던 민주항쟁이면서 민중운동의 시발점이었다. 이 노래를 듣고 있자면 저절로 흥얼거리게 된다. 참 슬프다. 그렇다고 마냥 슬프지만은 않다. 구성지게 아름답다. 오히려 벅차오른다. 오늘날 대한민국이 세계에서 가장 민주주의를 잘하는 나라가 된 것은 1894년에 뿌려진 씨 덕분이다.

　루쉰은 1924년에 베이징 여자사범대학 사건으로 현실 문제에 발을 들었다. 봉건 성향의 학교 이사진이 개혁 성향의 학생 여럿을 퇴학시키자, 이에 반발한 학생들의 학내 투쟁으로 폐교 조치 된 사건이다. 이때 공개적으로 학생 편에 섰던 루쉰은 파면되었다. 그때쯤 루쉰의 동생 저우젠런(周建人)과 동료 문인 린위이탕(임어당, 林語堂) 등 일부 공리론자들은 "페어플레이 정신이 필요하다"며 '물에 빠진 개는 때리지 않는 것'이 페어플레이 정신이라며 '패배한 자를 더 이상 공격하지 말고, 보복하지도 말고, 악으로써 악에 대항하지 말자'고 외쳤다. 루쉰은 그들과 의절했다. 1925년, 루쉰은 그의 산문집 <투창과 비수>에 '페어플레이는 아직 이르다'라는 유명한 글을 발표했다. 권세를 믿고 날뛰며 횡포를 부리던 악인이 어쩌다가 실족하게 되면 갑자기 대중들에게 동정을 구걸한다. 상처 입은 절름발이 시늉으로 사람들이 측은지심을 유발하여, 그에게 식섭 피해당했던 사람들마저도 그를 불쌍히 여겨, 정의가 이미 이겼으니 용서하자고 말한다. 하지만 위기를 모면한 악인은 상황이 바뀌면 본성을 드러내 사람들에게 더 큰 괴롭힘을 준다는 내용이다.

루쉰은 타락수구(打落水狗)를 말했다. 물에 빠진 개는 때려야 한다는 뜻으로, 악인에 대한 징벌을 분명히 하지 않고, 어설프게 용서하고 화해하는 페어플레이는 향후 더 큰 해악을 불러온다는 말이다. 즉 사람을 무는 개라면 물에 빠졌건 안 빠졌건 간에 무조건 때려잡아야 한다는 말이다. 페어플레이라는 고상한 말이 나쁜 자들의 이익을 정당화해 주던 당시 상황에서는, 적극적으로 처벌하는 것이 더 큰 화를 방지할 수 있다고 주장하였다. 페어플레이의 전제는 넘어진 상대를 절대 때리지 않는 것이 용감한 사람의 미덕이지만, 상대방도 용감한 사람일 때 가능한 일이다. 즉 패배한 뒤 부끄러워하고 뉘우치면서 결과에 승복하거나, 아니면 정정당당하게 복수하려는 자여야 한다는 것이다. 루쉰의 이런 생각은 죽기 한 달 전에 발표한 '죽음'이라는 글에서도 극명하게 나타난다. 서양에서는 죽음에 이르게 되면 오랜 원수도 용서하고 용서받는 관습이 있다지만 루쉰은 단호하게 말한다. "그들도 얼마든지 (나를) 증오하게 내버려 두라. 나는 결코 그들을 용서하지 않을 것이다."

페어플레이라는 좋은 경기방식은 서로가 지킬 때 아름다운 것이 된다. 남이 잘못을 범해도 따지지 않는 것은 '관용의 도'이고, 눈에는 눈으로 갚고 이에는 이로 갚는 것은 '곧음의 도'이다. 중국에 가장 많은 것은 겉과 속이 다른 '굽음의 도'여서, 물에 빠진 개를 때리지 않았다가는 개에게 물린다. 실로 순진한 사람의 고상한 생각은 오히려 나쁜 놈에게 나쁜 짓을 하라고 응원하는 것과 마찬가지다. 이 같은 일이 어디 중국뿐이랴.

어려서부터 '가는 말이 고와야 오는 말이 곱다'고 배웠다. 또 그렇게 믿고 살았다. 나이 들면서 그 말이 꼭 맞지 않다는 것도 알았다.

나쁜 놈들에겐 가는 말이 고울수록 오는 말이 거칠어지기 때문이다. 그것들은 가는 말이 거칠어야 오는 말이 고와진다. 나쁜 놈들은 철저하게 자신의 이익을 위해 약자에게 강하고, 강자에게 약하기 때문이다. 나쁜 놈에게 관용을 베풀어 페어플레이 해야 한다고 말한다면 분명 그도 한통속이다. 좋은 사람을 고통받게 하려는 수작이다. 우리가 아직도 루쉰을 읽는 것은 그의 철학과 삶이, 약자에겐 약했고 강자에겐 강했기 때문이다. 페어플레이는 아직도 이르다.

First They Came;

First They Came; 나치가 공산주의자들을 덮쳤을 때, 나는 침묵했다. 나는 공산주의자가 아니었기 때문이다. 그다음에 그들이 사회민주당원들을 가두었을 때, 나는 침묵했다. 나는 사민당원이 아니었기 때문이다. 그다음에 그들이 노동조합원을 덮쳤을 때, 나는 침묵했다. 나는 노동조합원이 아니었기 때문이다. 그들이 나에게 닥쳤을 때는, 나를 위해 말해 줄 이들이 아무도 남지 않았다(마르틴 니묄러 목사, 독일).

나치의 만행에 적극적으로 동조하진 않았어도 무관심으로 방관하면서 협조했던 침묵하는 다수를 비판한 글이다. 이러한 일들은 대한민국 사회의 오늘, 지금, 이 순간에도, 어김없이 일어나고 있다. 치사한 어른들의 모습이기도 하다. 그래서 그런지 한국 사회에 어른이 사라진 지는 꽤 오래된 것 같다.

어른이 사라진 이유는 어른이 어른의 길을 잃어버렸기 때문이다. 자본주의 세상에서 살아남으려면 신의(信義) 따윈 필요 없고 얄팍한 잔재주가 최고라고 생각하기 때문이다. 한결같음과 꾸준함의 미덕을 내팽개쳐 버리고, 자식에게 얄팍한 잔재주를 가르쳐 각자도생하는 것이 제대로 사는 것이라고 가르쳤기 때문이다. 한결같은 꾸준함을 잃어버린 어른은, 길을 잃었다.

어른들은 청년에게, 자식에게 꿈을 가지라고 말한다. 가능하면 큰 꿈을 가지라고 한다. 세계시민의 꿈을 가지라고 한다. 그러나 청년들은, 자식들은 그 말을 듣지 않는다. 오히려 비웃는다. 비웃는 이유는 분명하다. 큰 꿈을 가지라고 말하는 어른들도 꿈이 없기 때문이다. 그렇다, 어른도 꿈이 없다. 설사 있다고 하더라도 허섭한 꿈을 갖고 있다. 찌질하거니 못된 꿈을 꾸고 있다. 어른들이 꿈꾸는 꿈이 돈 많이 벌어 남들에게 갑질 한번 해보고 싶다는 허접한 꿈이다. 듣기 거북할 수도 있겠지만 곰곰이 따져보면 그렇게 틀린 말도 아닐 것이다. 그 꿈을 자식에게 강요(?)하니 아직 영혼이 순수한 자식의 눈에는 찌질하고 허접한 어른들이 하나도 멋있지 않다. 그럼에도 입으로는 반듯한 꿈을 꿔야 한다고 떠들어대니 청년들이, 자식들이, 어른들을 비웃지 않을 수 있겠는가? 대한민국에서 자칭 타칭 어른이라고 거들먹거리는 족속들의 현주소다.

길을 잃었다는 것은 나의 길이 아닌 남의 길을 가는 것이다. 잘못된 길이다. 대한민국 부모는 자식을 옳은 길로 인도 한다는 명분 아래 자식을 부모가 원하는 방식대로 주물렀다. 자식이 가야 할 길을 부모가 먼저 막아서 훼방 놓아버렸다. 그렇게 자식들이 길을 잃게 되는데 어른은 큰 역할을 했다. 자식이 부모의 말을 듣는 것은 좋은 일이지만, 자식의 목적지를 부모가 원하는 목적지로 바꾸려는 말은 듣지 말아야 하는데, 자식들은 신기할 정도로 부모의 말을 너무 잘 듣고 잘 따른다.

결국 부모는 자식을 인질로 잡았고, 자식은 부모에게 인질로 잡혔지만, 부모를 더 없이 따르고 사랑하고 믿는다. 인질이 인질범에 동화되는 현상을 말하는 '스톡홀롬 증후군'에 걸려버리고 만 것이다. 스톡홀롬 증후군은 1973년 스웨덴의 수도 스톡홀롬에서 4명의 무장 강도가 은행에 침입해 직원들을 인질로 잡고 6일 동안 경찰과 대치하는 과정에서 인질들은 처음엔 인질범들을 무서워했으나 시간이 지나면서 인질범들을 옹호하고 인질범과 사랑에 빠져 인질범과 함께 경찰에 대항해서 싸운 데서 유래된 비이성적인 심리 현상을 말한다.

스톡홀롬 증후군과 대한민국의 어른과 청년, 부모와 자식 사이의 관계가 다르다고 말할 수 없다. 앞에서는 너무나 온순한 자식이지만, 마음속으로는 비웃는 자식의 속내를 알게 되면 어른들은, 부모들은 어떤 생각이 들까? 자식은 부모를 보고 자라고, 청년은 어른을 보고 행동한다. 비록 현실의 삶이 힘들다 하더라도, 어른은 청년이 길을 잃지 않도록 행동해야 한다.

　나치가 공산주의자들을 덮쳤을 때, 침묵하지 않아야 한다. 당신은 시민의 한 사람인 공산주의자들의 의견을 무시하지 않아야 한다. 잘 듣고 함께 싸워야 한다. 그다음에 그들이 사회민주당원들을 가둔다면, 침묵하지 않아야 한다. 당신은 사민당원이 아니지만 연대해야 하는 시민의 일원이기 때문이다. 그다음에 그들이 노동조합원을 덮친다면, 침묵하지 않아야 한다. 당신은 노동조합원이 아니지만 당신도 얼마든지 같은 입장이 될 수 있기 때문이다. 그러면 나치가 당신에게 닥쳤을 때는, 민주시민들이 모두 당신을 보호하기 위해 모여들 것이다. 어른은 이렇게 행농해야 한다.

유엔은 2009년
'Homo hundred' 시대를 선포했다

유엔은 2009년 '호모 헌드레드(Homo hundred)' 시대를 선포했다. 인간의 기대 수명을 70세에서 100세로 높인 것이다. 이는 현재 나이에 0.7을 곱하는 것과 같다. 이 기준으로 계산하면, 지금 60세인 사람은 42세가 된다. 42세면 인생에서 가장 전성기에 속하는 나이이다. 그러나 현실에서는 보통 55~60세(38.5~42세) 언저리에서 은퇴하게 된다. 엎친 데 덮친 격으로 코로나19 상황도 은퇴 종용에 불을 질렀다. 은퇴자로 살기에는 너무 젊은 나이지만 베이비붐 세대가 마주한 피할 수 없는 현실이다. 우울한 시기다. 어쨌든 겨우 40세 정도의 전성기에 뒷방늙은이로 밀려나 소외당할지, 전성기를 계속 유지하며 주인공으로 살지는 순전히 본인에게 달려 있다. 지금 하늘을 한 번 보라. 어떤가? 흐린가? 맑은가?

20~30대에는 좋은 기본을 만들어 좋은 운명을 만들어야 하는 시기다. 생각해야 말할 수 있고, 행동할 수 있다. 행동해서 습관을 만들고, 그렇게 만든 습관은 좋은 기본이 된다. 무엇이든 기본을 제대로 익혀야 하는 '해야 하는' 시기에 '하고 싶은' 것만 고집하면 30대가 불안해진다.

40대는 생각하는 대로 말하고 행동할 수 있는 기본이 다져진 전성기다. 반면에 권태가 일상이 되었을지도 모르는 시기이기도 하다. 미래가 불안한 이유다. 이런 때일수록 기본을 점검하여 새로운 습관을 만들어 새로운 운명을 준비할 필요가 있다. 이 시기에 공부하지 않으면 어느새 후배로부터 자신이 그토록 경멸하는 '꼰대'라는 말을 듣게 된다.

50~60대 은퇴자. 막막하다. 앞으로 30~40년 이상을 은퇴자로 살아야 할지도 모른다. 지금까지 상상하지 못했던 또 다른 세계가 시작된다. 뒷방으로 물러나기엔 너무 젊고, 새로운 일을 시작하기에는 세상이 너무 빨리 변하고 있다. 그렇다고 당신이나 내가 엄홍길도 아닌데 매일 산에만 다닐 수는 없지 않은가?

60대에도 30대의 전성기로 활동하고 싶다면 8:2 법칙(파레토 법칙, Pareto principle)을 염두에 둘 필요가 있다. 아마도 이 법칙을 모르는 사람은 없을 것이다. 파레토 법칙은 '전체 결과의 80%가 전체 원인의

20%에서 비롯되는 현상'을 말한다. 즉 20%의 고객이 백화점 전체 매출의 80%를 올려준다는 말이다. 파레토 법칙은 '이탈리아 인구의 20%가 이탈리아 전체 부의 80%를 가지고 있다'고 주장한 이탈리아의 경제학자 빌프레도 파레토(Vilfredo Federico Damaso Pareto)의 이름에서 따왔다.

우리 일상에서 예를 찾아보면, 우리가 매일 즐겨 입는 옷의 80%는 옷장에 걸린 옷의 20%에 불과하고, 우리가 통화한 사람 중 20%와의 통화 시간이 총통화 시간의 80%를 차지한다. 20%의 운전자가 80%의 교통을 위반하며, 20%의 범죄자가 80%의 범죄를 저지른다. 운동선수 중 20%가 전체 상금의 80%를 싹쓸이하고, 인터넷 유저의 20%가 80%의 양질의 정보를 생산한다. 뇌의 20%만 사용하여 문제 해결에 필요한 80%를 해결하고, 우수한 20%의 인재가 80%의 문제를 해결한다(위키백과). 이 법칙은 마케팅 등 여러 분야에서 응용되고 있다.

파레토 법칙을 인생에 적용하면 꽤 유용하다. 전성기처럼 살 수 있다. 첫째, 말이다. 오늘부터 하는 말 중의 80%는 새로 공부한 것(새로운 생각, 새로운 관점을)으로 말하도록 노력하는 것이다. 20% 정도는 기존에 알고 있던 생각들을 되풀이해도 괜찮다. 그건 애교에 속한다. 가끔 '라떼'가 땡기는 때도 있는 법이니까. 둘째, 친구다. 많은 친구와 사귀되 20%의 친구에게 80%의 정성을 다하는 것이다. 나이 들수록 친구는 넓이보다 깊이가 더 소중해지기 때문이다.

　새로운 생각, 새로운 말을 하려면 새로운 공부가 필요한데 무얼 어떻게 공부해야 할지 모르겠다는 것이 문제다. 이럴 땐, '그냥' 대놓고 책을 읽으면 된다. 무슨 책을 읽냐고? '그냥' 서점에 가서 빈둥거리다가 마음에 드는 책을 하나 골라 읽기 시작하면 된다. 가성비 이런 것 따지지 말고 '그냥' 읽으면 된다. 그렇게 해마다 50권쯤 읽기를 반복하면 30대의 전성기를 40대까지 유지할 수 있다. 또 이러한 책 읽기를 40대에도 반복하면 전성기를 50대까지 유지할 수 있다. 독서를 해마다 반복하면 전성기는 60대에도, 70대에도 유지할 수 있다. 지금 60대 이후에도 여전히 현역으로 활동하고 있는 사람들은 대부분 꾸준히 독서했던 사람들이고, 현재도 독서하고 있는 사람들이다. 그들은 오늘도 독서를 통해 새로운 아이디어와 만나고 있다. 20%의 새로운 아이디어로 80%를 말하는 사람들이다. 요즘 사람들은 책을 잘 읽지 않는다고 하니까 책 읽는 당신은 무조건 경쟁력이 있게 된다. 게다가 공부해서 얻는 재미와 만족은 게임이나 다른 어떠한 쾌락보다 만족도가 높다고 한다. 30년 이상의 시간이 있다. 무언가를 꿈꾸기에 충분한 시간이 당신을 기다리고 있다.

언제부턴가 '단톡방'에
주옥같은 내용들이 올라온다

언제부턴가 '단톡방'에 주옥같은 내용들이 올라온다. 좋은 인생을 살아가기 위한 십계명, 친구를 사귀는 명언, 인생 격언 등 삶에 필요한 내용이다. 읽어두면 다 영양가 있는 내용이다. 인터넷에 있는 좋은 이야기들을 무시로 퍼 나르는 친구는 진심으로 이제야 그 말들의 깊은 뜻을 알게 되었다는 것에 감격해하고 있음을 느낄 수 있다. "친구야, 난 이제 인생이 무엇인지 알 것 같아," "인생을 어떻게 살아야 할지 알겠어," "친구야, 하늘의 이치가 무엇인지 알게 되었어."라고 강하게 웅변하는 느낌이다. 그렇게 딱 누구라 할 것 없이 좋은 내용들을 서로 퍼 나른다. 카톡방에 이런 내용이 많이 올라오는 시기는 대개 40대 후반에서 50대 초중반까지다. 물론 50대 후반에 접어들면 그것도 시들해져 주로 세상을 핀잔하는 불만이 가득한 내용들이 주로 올라오게 된다.

하지만 그 시기에 퍼 나르는 좋은 경구들은 친구의 깨달음임엔 틀림없다. 정말로 오십을 넘어가는 나이가 되면 하늘의 뜻과 이치를 알게 되고, 인생의 의미도, 친구와 벗의 소중함도 알게 된다. 이런 깨달음을 경험하면 스스로 놀라게 된다. 물론 자신을 특별한 사람으로 생각하고, 마음은 고양된다. 친구가 보내는 카톡 너머를 통해 친구의 들뜬 마음을 느낄 수 있다. 나는 그를 아낌없이 응원한다. 그렇게 얼마간의 시간이 지나면 슬슬 짜증이 난다. 천명(天命)을 깨닫고 친구의 소중함에 대해 동네방네 떠들면서, 하는 행동은 여전히 예전처럼 자기 잇속만 차린다. 마치 필요에 따라 친구도, 남도 되는 것처럼. 그렇게 되면 '차라리 말이나 말지'라고 속으로 생각하고 그냥 웃고 넘어간다.

사실 나도 그 과정을 거쳤다. 처음 세상의 이치를 깨달았다고 생각했을 때 나는 내가 특별한 줄 알았다. 으쓱했다. 하지만 얼마 지나지 않아 그 깨달음이 나에게만 온 것이 아니라는 것을 알게 되었다. 나이 들면 누구에게나 깨달음이 찾아온다는 것을 아는 데는 시간이 얼마 걸리지 않았다. 왜냐하면 깨달음을 얻기 전이나 후의 나의 생활은 변화가 없었고, 나의 행동에도 변화가 없었기 때문이다. 그런데 궁금해졌다. 누구에게나 찾아오는 깨달음의 시기를 공자는 왜 굳이 지천명(知天命)의 시기라고 이름 지었을까?

공자는 말했다(논어, 위정 4장). 15세에 어떤 공부를 할 것인지 전공을 정하고(志于學) 15년을 더 공부하여 30세에 이르면 스스로 설 수 있게 되는 입(立)의 단계로 들어간다. 전공 공부를 15년이나 했으니 충분히 전문가가 되었을 것이다. 그렇게 전문가로서 10년 동안 현실에서 전공 분야를 적용하는 시간을 보내고 40세가 되니 웬만한 유혹에는 흔들리지 않는 불혹(不惑)의 나이가 되었다. 그렇게 유혹에 흔들리지 않는 불혹의 10여 년의 시간을 더 보내고 50세가 되어 지천명(知天命)의 나이가 되었다. 지천명이란 '하늘의 명을 알게 되었다'는 말이다. 천명을 안다는 것은 무엇인가? 세상 이치를 알게 되었다는 말이다. 이름하여 도가 터졌다는 것이다. 깨달음을 얻었다는 말이다. 공자의 지천명은 전공을 선택하고 공부를 시작하고 실천한 지 35년이 지나서 얻은 의미 있는 깨달음이다. 그런데 왜 나는 깨달음이 찾아왔는데도 아무런 변화가 없을까?

공자가 헛소리를 할 사람은 아니다 싶어 곰곰이 지천명에 대해 생각해 보았다. 시간이 지나고 또 지났다. 그러다가 어느 날, 혹시? 하는 생각이 들었다. 공자가 말한 지천명은 천명을 알게 된 것으로 끝이 아니라, 천명을 알게 되었으면 이제부터 천명에 따라 실천하며 살아가라는 뜻이지 않을까 싶었다. 다시 말해 때가 되어 천명을 아는 것은 누구에게나 일어나는 일이므로 특별한 일이 아니고, 알게 된 천명을 실천하며 사는 시기가 지천명의 올바른 의미가 아닐까 하는 생각이 들었다. 그렇게 생각하고 보니 그럴듯했다. 맞는 것 같았다. 또 얼마 동안의 시간이 지나고 또 지나갔다. 내 생각은 거기서 맴돌고 있었지만, 점점 그 생각은 의심을 넘어 확신으로 바뀌고 있었다. 공자의 지천명은 천명을 아는 나이이고, 천명을 알았다면 천명대로 실천하며 살아갈 수 있는 능력을 갖춘 시기라고 생각되었다. 그렇게 나는 지천명의 의미를 결론짓고 내 생각을 마무리 지었다. 어떤가? 당신도 동의가 되는가?

그다음 지천명의 실천을 10년쯤 하고 60세가 되면 귀가 순해지는 이순(耳順)의 시기로 접어든다. 귀가 순하다는 것은 다른 사람의 말을 잘 받아들인다는 말이다. 설사 욕을 먹더라도 껄껄 웃고 넘어갈 수 있는 여유가 생겼다는 것이다. 그렇게 또 10년이 지나 70세가 되니 그냥 마음 가는 대로 행동해도 세상 법도에 어긋나는 일이 없게 되는 종심(從心)이 되었다고 공자는 술회했다. 그리고 공자는 73세에 죽음을 맞이했다.

공자의 일생 중에서 모든 단계가 중요하지만 지금 가장 중요한 단계는 '지천명'이지 않나 싶다. 실천 없는 깨달음은 지극히 평범한 것이고, 실천하는 깨달음이어야만 천명을 아는 것이라는 실천의 중요함을 알게 해주기 때문이다. 결국 실천하는 지천명, 그것이 힘인 듯싶다.

바야흐로 트로트의 시대다

바야흐로 트로트의 시대다. 2019년부터 솔솔 불기 시작한 트로
트가 2020년 들어 국민가요(?)로 자리 잡았다. '미스트롯, 미스터트
롯, 보이스트롯, 트롯신이 떴다' 그리고 사랑의 콜센타 '신청곡을 불
러 드립니다' 등 여러 방송국에서 트로트 프로그램을 편성하여 톡톡
히 재미를 보고 있다. 다시 시작된 트로트 열풍은 코로나19로 우울
한 평범한 서민들에게 큰 위로를 주고 있다. 그 와중에 추석 특집으
로 방영된 가수 나훈아의 '대한민국 어게인'은 전국 시청률 29%를
찍으면서 활짝 피었다. 이 공연은 기성세대는 물론 젊은 층도 나훈
아가 왜 나훈아인지 실감케 하였다.

특히 5.18 광주민주화운동의 희생자가 어머니에게 보내는 '엄니'
라는 노래도 재조명되어 국민의 마음을 짠하게 만들었다. 새로 발표
된 신곡 '테스형'은 순식간에 국민의 마음을 어루만지며 신드롬이
되었다. 유투브에도 '테스형' 배우기 콘텐츠가 속속 올라오고 있다.

그 노랫말을 들어보면 꼭 내 삶을 말하고 있는 것 같아 나도 움찔한다. 처음 들을 땐 웃겼고, 자꾸 들으니 마음이 아려온다. 자주 찾아뵙지 못하는 아버지를 생각하며 만들었기 때문일 것이다. 개인적으로 '테스형' 가사는 2절부터 읽고 1절로 돌아오면 그 맛을 훨씬 더 느낄 수 있었다.

그렇다. 일제강점기에서부터 6.25전쟁, 60~70년대를 거쳐 오늘까지 트로트는 오랫동안 국민과 함께한 노래였다. 오늘의 이 나라를 만들어 온 고달픈 선배들의 한(恨)을 위로해 주고 함께 웃던 노래였다. 원래 한이 깊으면 흥(興)도 깊은 법이다. 나는 트로트의 묘미를 슬픔을 슬프게 표현하여 부르는 것이 아니라, 슬픔까지도 흥으로 치환해 내는 데 있다고 생각한다. 즉, 한을 한으로 끝내는 것이 아니라, 한을 흥으로 끌어올리는 것이다.

이처럼 한국인의 애환을 노래하던 트로트는 1990년을 넘어서면서 조금씩 힘을 잃기 시작했다. 그렇게 트로트는 우리 곁에서 멀어져갔다. 간간이 젊은 트로트 가수들의 약진도 있었으나 대세를 뒤집지는 못했다. 트로트는 주류에서 밀려났고 비주류가 되어 품위 없는 열등한 노래로 인식되었다. 마치 테스형의 가사처럼 "아! 테스형, 세상이 왜 이래, 사랑은 또 왜 이래, 세월은 또 왜 저래"라고 외치면서 트로트의 신세를 한탄할 수밖에 없었다. "너 자신을 알라며 툭 내뱉고 간 말을 내가 어찌 알겠소. 모르겠소, 테스형." 하며 트로트는 낙담하고 있었다.

흥을 돋우려는 것과 잘 보이려고 애쓰는 것은 다르다. 하늘과 땅 차이다. 흥을 돋우고자 애쓰는 모습은 멋있지만, 잘 보이려고 잔꾀를 부리는 모습은 재미도 멋도 매력도 없다. 오히려 불편하다. 우리는 나에게 잘 보이려고 내 앞에서 알짱대는 사람을 인정하지 않는다. 반면에 자기의 일에 최선을 다하는 사람에겐 무한한 신뢰로 환호한다. 원래 트로트는 흥을 돋우는 노래다. 추석 때 나훈아의 공연도 그랬다. 그는 잘 보이려고 하지 않았다. 그저 자신의 노래에, 감성에 충실했다. 대한민국이 열광한 것은 그 때문이다. 그의 재주 때문이 아니다.

트로트를 보다 보면 불편할 때가 있다. 관객에게 잘 보이려고 과하게 애쓸 때다. 그럴 땐 '굳이 저렇게까지 하지 않아도 되는데…, 그냥 노래에 충실하면 되는데…'라는 생각이 든다. 그들은 그렇게 하는 것이 흥을 돋우는 것이라 잘못 생각하는 것 같아 안타깝다. 충분히 이해하지만, 나는 트로트를 부르는 사람들이 팬들에게 잘 보이려 눈치 보기보다, 자신의 노래에 최선을 다했으면 좋겠다. 그것이 오래도록 사랑받는 가장 좋은 방법이기 때문이다. 팬들은 억지로 흥을 부추긴다고 흥이 나지 않는다. 자신도 모르게 흥이 나는 것이다. 그

흥은 가수와 관객의 진실한 만남이 만들어 낸다.

트로트에 대한 성철스님의 일화가 있다. 법정스님이 성철스님으로부터 부탁받은 법문 번역을 마치고 성철스님께 번역본을 보내면서 동봉한 '바흐의 음악'에 대한 답으로 보낸 테이프가 이난영이 부른 '목포의 눈물'이었다고 한다. 그 편지에서 '보내준 번역문은 법정의 성정대로 문장의 향기가 가득하다'며 감사를 표하였지만, 동봉해 보내준 바흐의 음악 'G선상의 아리아'는 들어도 잘 모르겠다면서 나는 '목포의 눈물' 같은 음악이 더 가슴을 때린다며 법정도 한번 들어보시라는 답장을 보냈다고 한다. 그만큼 트로트는 한국인에겐 빈부귀천과 종교를 떠나 삶속에 깊숙이 연결된 노래다.

모처럼 찾아온 트로트 열풍은 트로트계에 행복한 고민을 안겨주었다. 트로트는 고민해야 한다. 자신이 누구인지, 무엇을 어떻게 해야 하는지, 어떻게 바꾸어야 하는지. 나는 트로트가 다른 장르와의 콜라보를 통해 더더욱 업그레이드되어 글로벌-트로트로서의 K-트로트로 거듭나기를 바란다. 훗날 K-트로트가 세계인의 애환까지 달래주는 노래가 되기를 기대한다.

2020년,
코로나가 창궐했다

2020년, 코로나가 창궐했다. 나는 코로나19에 취약한 기저질환자다. 뉴스를 보면 60대가 되면 특별한 병이 없어도 기저질환자가 되는데 나는 당뇨병 25년 차에 60대이니 꼼짝없다. 불안하기 짝이 없다. 조심한다. 가능하면 방콕이고, 마트도 잘 안 간다. 사회적 거리 두기는 이미 일상이 되었다. 그나마 청계천 변을 산책하는 것이 낙인데 이제는 그것도 녹록치 않은 상황이다. 차제에 지난 10여 년 동안의 충격적인 경험을 되돌아보았다.

한 십 년쯤 전, 개인적으로 꽤 큰 충격을 받았던 장면이 있었다. 병원에서의 일이다. 그곳에서 '아버님'이라는 말을 처음 들었을 때다. 처음 그 말을 들었을 땐 나하고 상관없는 말인 줄 알았다. 간호사가 누군가에게 '아버님'이라고 불렀지만 아무도 대꾸하지 않기에,

나는 속으로 어떤 아버님께서 정신 줄을 놓고 계시나 하며 눈을 감고 있었다. 조금 후에 알았다. 그 아버님이 나를 부르는 말이었다는 것을. 아무도 대답하지 않으니 간호사가 내 이름을 불렀기 때문이다. 그렇게 나는 졸지에 간호사의 아버님이 되었다. 그날 이후 병원에서나 음식점에서나 어디서나 종종 나를 아버님이라고 부르는 경우가 많아졌다. 마치 약속이나 한 듯이. 씁쓸했다. 결코 기분 좋지 않았지만 화낼 일은 더더욱 아니었다. 그렇게 아버님은 나의 일상이 되어 가고 있었다.

며칠 전, 새로운 사건이 일어났다. 산책을 다녀오던 길이었다. 맞은편에서 할머니, 며느리 혹은 딸, 손자 3명이 걸어오고 있었다. 4~5살쯤 되는 개구쟁이 사내아이가 나를 보자 뭐가 좋은지 웃으며 내쪽으로 달려오고 있었다. 아이 엄마는 그런 아이를 부지런히 쫓아와 아이를 안으면서 "우리 왕자님, 그러면 안 돼요, 할아버지 힘들어요, 성가시게 하면 안 돼요."라고 아이를 말렸다. 허걱! 세상에, 이건 뭐지? 나를 보고 할아버지라니? 세상에 이런 날벼락이 있나? 무슨 근거로 나를 할아버지라고 부르는 거야, 저 아줌마가 증말! 기가 찼다. 순간 스트레스 지수가 수직 상승했다. 그때 내 모습은 모자에 마스크까지 쓰고 있어 육안으로는 내가 아저씨인지, 할아버지인지, 청년인지(?) 알 수 없는 상태였다. 실제로 내 몸은 군살이 없고 배도 나오지 않았다. 실루엣은 청년 같다. 그럼에도 아이 엄마는 주저 없이 나를 할아버지로 인식했다. 어딜 봐서 내가?

　나를 더욱 할 말 없게 만든 일은 어제 일어났다. 우리 아파트 엘리베이터 안이었다. 우리 부부와 새댁 그리고 돌이 갓 지난 정도의 아기가 유모차에 타고 있었다. 아기는 나를 빤히 쳐다보면서 생글생글 웃고 있었다. 귀여웠다. 물론 그때도 나는 모자와 마스크를 쓰고 있어 내 얼굴은 거의 알아볼 수 없는 상태였다. 몇 초 후 황당한 일이 벌어졌다. 아기가 손짓하며 "하부지, 하부지"라고 나를 불렀기 때문이다. 순간 빵 터졌다. 하하하. 얼굴을 다 가리고 있어도, 아기는 나를 할아버지로 부른 것이다. 아기의 순수한 눈에 그렇게 보였으니 이제 영락없이 할아버지가 되고 말았다. 이제 어디 가서 하소연할 데도 없게 됐다.

　그렇게 '아버님'에서 '할아버지'가 되는 데 10여 년이 걸렸다. 아버님이 될 때나 할아버지가 될 때나 나에게는 정말정말 진짜진짜 황당한 순간들이었다. 머리를 망치로 얻어맞는 느낌이었다. 나를 아버님이라 부른 간호사, 나를 할아버지라고 말한 아이 엄마. 두 사람 다 나름 나를 배려하는 마음으로 그렇게 말했을 것이고, 아기는 그냥 할아버지처럼 보였으니까 그렇게 불렀을 것이다. 그러니 모두에게 특별히 탓할 일은 아니다. 내가 할아버지라는 말에 민감한 것은 아직 손주를 보지 못한 이유도 있을 것이다.

그 일 이후 잠시 노인에 대해 생각해 보았다. 노인의 특징 중의 으뜸은 대체로 불평불만이 많아지는 것이다. 불평이 많아지니 화를 잘 낸다. 화를 잘 내니 생각이 좁아진다. 생각이 좁아지니 자신밖에 생각하지 못한다. 자신만 생각하니 싸움이 잦아진다. 싸움이 잦아지니 불평불만의 과정은 되풀이된다. 결국 친구끼리도 싸우고, 후배에게는 외면당하고, 젊은 사람으로부터는 무시당하게 된다. 그런 점에서 늙는다는 것은 슬픈 것이다.

노인 됨이 좋은 점도 있다. 노인이 배움을 계속하면 능력자가 된다. 인생의 문제도, 배움의 문제도, 문제 해결 등의 부분에서 젊을 때보다 지혜로워진다. 많은 연구 결과가 이를 말해주고 있다. 세상에는 60 청년도 있고, 20 노인도 있다. 노인과 청년의 구별은 몸이 아니라 정신에 있기 때문이다. 아직도 무언가를 배우고 생각하고 있다면 노인도 청년이고, 생각하기를 멈추고 배움을 멈췄다면 청년도 노인이 된다. 노인과 청년의 구별은 이처럼 간단하다. 진짜 인생의 봄은 노인부터다. 이제부터 이것도 해보고, 저것도 해보고, 무엇이든 해봄이 어떨까? 봄이지 않은가, 봄!

여러 가지 의미의 사과가 있다

여러 가지 의미의 사과가 있다. 아담과 이브의 선악과가 있고, 윌리엄 텔의 용기의 사과가 있으며, 뉴턴의 만유인력의 사과도 있다. 수많은 사과 그림을 통해 사물의 구조를 파악하여 현대미술의 아버지가 된 세잔의 사과가 있고, 이브의 사과를 이용하여 창의성으로 상징되는 스티브 잡스의 애플이 있다. 이 사과들은 인류에게 꽤 큰 영향을 주었다.

불화의 사과도 있다. 일명 '파리스의 심판'에 나오는 사과인데, 그 내용은 대략 다음과 같다. 영웅 아킬레우스의 어머니와 아버지가 되는 테티스와 펠레우스의 결혼식에 유일하게 초대받지 못해 화가 난 불화의 신 에리스가 던진 황금사과 이야기다. 그 황금사과에는 '가장 아름다운 여신에게'라는 글귀가 쓰여 있었다. 이 사과를 놓고 '헤라, 아테나, 아프로디테(비너스)' 세 여신이 서로 자기 것이라며 다퉜다. 곤란해진 제우스는 분란을 중재하기 위해 목동이었던 파리스

(스파르타의 왕자)에게 심판을 맡겼고, 파리스는 비너스에게 황금사과를 안겨주었다. 결국 파리스의 결정은 트로이 전쟁의 씨앗이 되었고 그리스 로마신화는 파국을 맞았다. 이로써 다툼의 원인이 된 사과는 불화의 상징이 되었다.

공자께서 말씀하셨다(논어. 술이-7,8). "속수 이상의 예물을 갖춘 사람에게는 내 일찍이 가르쳐 주지 않은 적이 없었다." 또 "스스로 분발하지 않으면 계발(啓發)해 주지 않고, 표현하지 못하여 괴로워하지 않으면 깨우쳐 주지 않는다. 또한 한 모퉁이를 가르쳐주었는데도 나머지 세 귀퉁이를 알지 못한다면 거듭 가르치지 않는다."

옛날 중국의 예법에는 가르침을 청하는 사람은 반드시 예물을 지참해야 했다. 여기서 '속수(束脩)'는 육포의 묶음으로 예물 중 가장 낮은 것이다. 공자는 최소한의 예물로 예의를 갖춘 이에게는 차별 없이 가르쳤다. 그것은 배우는 사람의 예의와 성의를 중시했기 때문이다. 무엇을 배우든 공짜는 없다. 언제나 대가를 주어야 한다.

대가는 남에게만 주는 게 아니다. 자신에게도 주어야 한다. 학문이든 정치든 깨치고 이루기 위해서는 자신에게 노력이라는 대가를 지불해야 한다. 학문은 공부하는 사람 스스로 의문을 가지고 파고들어야 발전할 수 있다. 이 과정에서 사색과 고민 그리고 노력했음에도 표현력의 부족으로 괴로워할 때, 스승 된 이는 학생의 생각에 물꼬를 터주어 괴로움을 풀어주어야 한다. 또한 스승이 문제를 풀 수 있는 시작점을 가르쳐 주었으나 나머지 부분에 대해 알고자 하지 않는다면, 다시 가르칠 필요가 없다고 했다. 배우고 가르친다는 것이 단순한 지식암기가 아니기 때문에 준비되지 않은 사람은 가르칠 필요가 없고, 또 준비될 때까지 기다려주어야 한다. 그것이 참다운 교육의 성과를 거둘 수 있기 때문이라는 공자의 생각이다. 어쨌든 스스로에게 지불하는 노력이 배움에 가장 중요하다고 나는 생각한다. 꼭 맞는 말은 아니지만 틀린 말도 아니다.

다시 사과로 돌아와서, 위기 상황을 잘 극복해 낸 사과도 있다. 합격 사과는 1991년 일본의 아오모리현에 분 태풍으로 90%의 사과가 떨어지고 10%만 남은 사과를 태풍에도 떨어지지 않은 사과이니 '합격사과'라 이름붙여 10배 넘는 가격으로 팔아 농가소득이 오히려 예년보다 더 좋아지게 한 사과다. '우박사과'는 미국 뉴멕시코에서 우박이 떨어져 사과가 곰보처럼 상처가 나서 상품 가치를 잃어버렸다. 상품성을 잃은 사과를 먹어보니 맛에는 이상이 없었다. 이에 농부는 계약된 판매자들에게 사과를 정상적으로 배송하면서 편지를 동봉했다. 그 편지에는 "이번에 보내드리는 사과에 우박 맞은 상처가 있습니다. 이것은 고산지대에서 자란 특산품이라는 증거입니다."라고 쓰여 있었다. 두 사과는 위기 상황에서도 문제가 무엇인지 파고들어 근사한 해결책을 찾아낸 역발상의 사과이다.

역술에 가까운 해몽에서 사과는 좋은 미래를 상징한다. 꿈에 사과를 먹으면 연애가 잘 풀리게 되어 사랑하는 사람과 애정이 더 깊어져 결혼에 이르게 된다거나, 사과를 받으면 좋은 일이 일어나고, 사과를 한 상자 선물 받으면 집안일이 잘 풀리고 먹을 것들이 넘쳐나게 된다고 한다. 단, 꿈속에서 쪼개진 사과를 서로 먹겠다고 싸우게 되면 가족끼리 이전투구를 하게 되거나, 계획했던 일이 수포로 돌아간다고 한다.

지금 우리 앞에 놓여있는 '사과'는 어떤 사과인가? 아담과 이브의 원죄의 사과일까, 아름다움을 상징하는 비너스의 사과일까, 용기를 상징하는 윌리엄 텔의 사과일까, 만유인력을 상징하는 뉴턴이 사과일까, 새로운 현대미술의 세계를 연 세잔이 사과일까, 창의성을 상징하는 스티브잡스의 사과일까, 아니면 위기를 기회로 바꾸는 역발상의 사과일까. 파국을 예언하는 파리스의 사과일까? 혹, 쪼개진 사과일까?

부모에겐 로망이 있다

　부모에겐 로망이 있다. 자식과 친구처럼 지내며 사는 것이다. 이른바 쿨~한 부모로 멋지게 살고 싶은 것인데, 참 쉽지 않다. 가끔 자식이 선을 넘을 때가 있기 때문이다. 부모는 자식을 사랑하는 마음에 친구처럼 자식을 대하는 쿨~한 부모가 되어 보겠다고 생각하고 행동했지만, 어느 날 자식으로부터 작은 공격(?)을 받고 나서는 '어? 이게 뭐지?'하며 쿨~한 부모가 되고자 하는 자신의 노력을 의심하게 된다. '뭐가 잘못된 거지?' 그때 그 상황을 슬기롭게 대처할 수 있는 내공 있는 부모는 드물다. 모든 부모는 부모 노릇이 처음이기 때문이다. 자식도 자식 노릇이 처음이기에 그런 일은 항상 일어난다. 초보 부모와 초보 자식의 좌충우돌이 우리가 살아가는 인생이고 행복한 가족의 모습일지도 모른다.

　그럼에도 선을 넘는 자식이 불편하다면, 그때부터라도 쿨~한 부모 되기를 그만두면 된다. 부모와 자식의 관계로 돌아가 그냥 반듯한 부모로 살면 된다. 모범적인 부모로 살면 자식에게도 좋고 부모에게도 좋다. 자식은 부모에게 불효를 저지르지 않을 수 있어 좋고, 부모는 자식이 무례한 행동을 하지 않아 자식의 불효를 마주하지 않아도 되니 좋다. 어쩌면 친구 같은 부모가 되는 것보다 반듯한 부모가 되는 것이 더 나을지도 모른다. 애초에 친구 같은 부모가 되고자 했던 마음은 반듯한 부모가 되는 방법이지 않았던가. 어쨌든, 자식에게 부모는 이 세상에 와서 처음 만나는 세계이다. 부모는 자식의 가장 안전한 울타리이기도 하다. 자식에겐 강건한 아버지와 자애로운 어머니가 필요하다.

잊지 마시라. 자식에게 친구는 부모 말고도 많지만, 부모는 오직 두 사람뿐이다. 그러니 반듯한 부모가 되는 것은 자식에게 부모를 돌려주는 것이나 다름없다. 서로가 행복해진다. 원래 자식은 친구가 아니었다. 자식과 친구처럼 지내기가 생각보다 어려운 이유이기도 하다. 부모도 실수하고, 자식도 실수하니까. 그러니 꾸준히 친구로 지내기가 어렵다면 그냥 본 받을만한 부모가 되는 쪽을 선택하는 것이 더 낫다. 나도, 자식도, 가족도 화목해진다. 그만큼만 해도 지혜로운 부모가 되기에 충분하다. 괜히 쿨~한 척 허세(?)를 부리다가 자식도 망치고 나도 망친다.

자식은 성장하면 부모에게서 독립하려고 한다. 독립을 위한 몸부

림의 과정에서 부모의 뜻을 거스르기도 한다. 정상이다. 잘못된 일이 아니다. 자식의 반항은 성장 과정에서 오는 당연한 현상이다. 만약 반항의 과정이 없다면 오히려 그것이 더 큰 문제일 것이다. 그리고 자식은 때가 되면 독립해야 한다. 그것이 순리다. 부모는 가능한 한 자식을 지켜주려고 한다. 도와주려고 한다. 죽을 때까지 변하지 않는 부모의 마음이다. 때론 그 마음이 과하여 자식을 불편하게 만들기도 하고 망치기도 한다. 그럼에도 불구하고 대부분의 평범한 부모와 자식은 서로 사소하게 충돌하면서 사랑을 쌓아가고 확인해 간다. 충돌을 통해 서로 보완하면서 조금씩 단단해진다. 우리 행복한 삶의 모습이다.

자식과 부모, 각자의 역할이 있다. 자식을 친구처럼 대해주려는 부모를 만난 자식은 자신은 좋은 부모를 만난 행운아라 생각하고 더욱 더 부모를 깍듯하게 대하는 것이 자식의 역할이다. 친구 같은 부모와 오랫동안 행복할 수 있는 방법이다. 이는 맞고 틀림, 옳고 그름, 좋고 싫음의 문제가 아니다. 부모는 아무리 자식이 불효를 저지른다고 해도 사랑으로 감싸주고 타이름을 포기해서는 안 된다. 내치지 말아야 한다. 부모니까. 이도 맞고 틀림, 옳고 그름, 좋고 싫음의 문제가 아니다. 결국 자식은 부모가 친근하게 대해줄수록 오히려 깍듯해야 하고, 부모는 자식과 친근하게 지내면서도 친구가 아니라 부모임을 잊지 말아야 한다.

　자식과 친구처럼 지내며 사는 것은 부모의 로망일지도 모른다. 하지만 그렇지 못해도 괜찮다. 부모와 자식의 관계로 사는 것으로도 충분히 행복할 수 있다. 서로의 삶을 존중하고 인정하면서 인간 대 인간의 관계로 살아가는 것도 좋다. 그래야 부모가 다치지 않는다. 자식도 다치지 않는다. 그것을 억지로 바로잡으려고 하다가 오히려 그것을 억지로 바로잡으려고 하다가 오히려 부모는 마음을 다치게 되고, 자식이 마음에 없던 불효를 저지르게 부추길 수도 있다. 혹시 아는가, 부모와 자식의 관계에 충실하다 보면 시간이 지날수록 서로 쿨~한 부모자식관계, 즉 친구처럼 서로 의지하며 원만하게 살게 될 수도 있을지.

용기는,
신념의 실현이다

　용기는, 신념의 실현이다. 무엇인가를 잃을 수 있는 상황에서도 진실을 말하는 것이다. 일단의 무리 속에서 따돌림을 받게 되더라도 자신의 견해를 지켜내는 힘이다. 두려움이나 유혹에도 곁길이 아닌 바른길을 가게 해주는 것이다. 정당한 이유가 있을 때 그 일을 모른 척 외면하지 않도록 해주는 힘이고 신념이다. 용기(courage)라는 단어의 라틴어 어근인 코르(cor)는 '심장' 즉 핵심을 의미한다. 어쩌면 용기는 사람이 살아가는 데 가장 중요한 심장일지도 모른다. 용기는 옳다고 믿는 일을 하도록 도와주고, 다른 사람의 권리도 지켜주지만, 무엇보다 가장 중요한 것은 자신의 자유를 지키도록 해준다. 이러한 용기는 영웅에게만 있는 것이 아니다. 오히려 보통 사람들에게 더 많다.

한 간호사가 있었다. 그녀는 환자에게 약을 먹이고, 체온을 재고, 응급상황을 돌보는 일을 했다. 어느 날 83세 백혈병 환자의 약물 주입 주사 튜브가 빠졌다는 호출을 받았다. 환자가 자고 있어서 잠을 방해하지 않으려 불을 켜지 않고 튜브를 연결하고 약물을 주입했다. 약물을 주입하자마자 환자는 발작했고, 침대에 쓰러졌다. 의사가 응급처방을 하고 나서 물었다. "무슨 약을 투입했죠?", "염화나트륨이요." 그녀의 후속 조치는 정당한 처방이었다.

그녀는 사무실로 돌아갔다. 왠지 찜찜했다. 그날 밤 환자의 병실로 가서 발작 중에 떨어뜨렸던 청색 약병을 살펴보았다. 그 병의 라벨에는 '염화나트륨'이 아닌 '염화칼슘'이라고 적혀있었다. 이 사실을 보고하면 그녀는 해고되고 간호사 면허가 취소될 수 있는 상황이었다. 환자의 가족에게 고소당할 확률도 높았다. 해당 환자의 경우, 이 사고가 아니더라도 오래 살지 못할 상태였다. 환자는 3일 후에 사망했다. 그녀는 번민했다. 어렵게 생계를 꾸려가던 그녀가 직장을 잃게 되면 가족의 생계가 막막했다. 하지만 거짓을 숨기는 삶을 살고 싶지는 않았다.

다음날 그녀는 그 사실을 상관에게 보고했다. 무마됐다. 그녀는 다시 더 높은 상관에게 보고했다. 3일 후에 해고되었다. 상황은 절망적이었지만 그녀는 자기가 '옳은 일을 했다'는 것을 알았다. 그녀는 비로소 거울 속에 비친 자신을 똑바로 볼 수 있었다고 말한다. 8개월

후 간호사 위원회는 면허취소 대신 자격정지 2년을 판결했다. 2년 후 다른 병원에서 더 좋은 일자리를 구했다. 그녀의 용기가 그녀를 더 낫고 더 자유롭게 만들었다.

사람들은 이런 실수를 했을 때, 사실을 숨긴다. 대신 자기 양심에 갇힌 죄수가 되어 평생 헤어나지 못하는 찜찜한 삶을 살게 된다. 물론, 양심이 없는 짐승은 양심의 가책을 받지 않는다. 그래서 짐승이다. 물론 짐승보다 못한 사람도 있다. 대부분의 사람은 짐승이 아니니 가끔 용기를 낸다. 그리고 밝히고, 말하고, 행동한다. 잘못을 인정하고, 미안하다고 말하고, 고치겠다고 말한다. 그렇게 사람들에게 신뢰를 회복한다. 그리고 다시는 잘못된 길로 가지 않으려고 애쓴다. 그럼에도 우리는 살아가면서 극히 작은 일에서도 용기를 내야 겨우 해내는 경우가 많다. 분명한 것은 어떤 방식으로든 용기를 내고 나면 비로소 자유로워진다는 것이다.

정약용은 아들에게 보내는 편지에서 "세상을 제대로 살아가는 두 가지의 큰 기준(저울)이 있다. 하나는 옳고 그름(是非)의 기준이요, 둘째는 이롭고 해로움(利害)의 기준이다. 이 두 가지 기준에서 4가지의 등급이 나온다. 옳음을 지키면서도 이익을 얻는 삶이 가장 높은 1등급의 삶이며, 옳음은 지켰으나 해를 당하는 삶이 2등급의 삶이다.

3등급은 그름을 쫓으면서 이익을 얻는 삶이요, 마지막 가장 낮은 4 등급은 그름을 쫓으면서도 해를 당하는 삶이다."라고 말했다. 여기서 2등급의 삶이 가장 용기가 필요한 삶이다. 옳음을 지키려고 애쓰는 것, 그것이 용기이다.

인간이 위대한 이유는 모든 것을 다 알지 못하지만 옳은 일을 하기 위해 행동하는 것에 있다. 이미 옳음이 무엇인지 알기 때문이다. 싸움에서 문제가 되는 것은 상대의 신체적 힘이나 나이, 성별이 아니라, 자신의 마음이다. 용기 있는 사람은 가까이 있는 작은 일부터 옳게 처리하는 습관을 들인다. 그러면 큰일도 옳게 처리할 수 있게 되고, 큰일 앞에서도 습관적으로 옳은 행동을 하게 된다. 용기를 배신하지 않는다. 종종 옳은 일은 상황의 유불리와 관계없이 역경에 직면하게 되기 때문에 용기가 필요하다. 공자도 말했다. "제사 지내지 않아야 할 귀신에게 제사를 지내는 것은 아첨하는 것이고, 옳은 일인 줄 알면서도 실행하지 않는 것은 용기가 없는 것이다."(논어, 위정)

바이든에게 속았다!

　바이든에게 속았다. 사기당했다. 그는 IRA로 대한민국을 호구로 발라버렸다. 대한민국 국민을 쪽팔리게 만들어버렸다. 겉으로는 동맹 운운하면서 달콤한 현찰을 챙기고 뒤통수를 쳐버린 것이다. 그러고는 능청스럽게 '노룩악수'로 애써 외면했다. 덕분에 대한민국은 어디 가서 하소연도 못 하고 속수무책(束手無策)이다. 대한민국 경제도, 안보도 어둡다. 바이든을 믿을 수 없고, 미국을 신뢰할 수 없다. 무엇이든 제대로 따져서 두 번 다시 당하지 않아야 할 것인데 요원한 희망이다. 국익에 도움 되지 않는 한미동맹이 무슨 소용이겠는가?

　세계가치관조사(World Values Survey)는 2014년 '다른 사람들을 신뢰할 수 있느냐'는 질문으로 설문조사를 했다. 그 결과 네덜란드가 66.1%로 가장 높았고, 필리핀, 브라질, 콜롬비아 등은 4~7% 수준에 머물렀다. 이 결과를 바탕으로 여러 국가를 1인당 국내총생산(GDP)과 지니계수를 통계적으로 분석하니, 신뢰도가 높은 국가가 경제적 수준도 높고, 소득분배도 비교적 평등한 것으로 나타났다. 고객의 시대가 된 지 오래다. 2022 어도비고객신뢰보고서에 따르면 고객의 절반 이상인 55%가 신뢰를 잃은 브랜드와는 관계를 끊고 더 이상 구매를 하지 않을 것이라고 답했다. 또 가트너 조사를 보면 74%의 고객은 제품 및 서비스뿐 아니라 기업(브랜드)이 고객을 대하는 방식에서도 고객은 더 많은 것을 기대한다고 답했다. 신뢰는 목숨만큼 중요하다.

2009년 8월 미국에서 렉서스 자동차에 탄 일가족이 사망했다. 도요타는 초기에 안일하게 대응했다. 도요타는 문제가 발생하였을 때 '그것을 부품사의 책임', '일부 소비자의 문제'라며 책임을 회피했다. 이는 신뢰의 추락과 함께 실패로 이어졌다. 미국 시상에서 도요타 판매가 급격하게 감소했고, 도요타 주가는 전 고점 대비 20% 넘게 떨어진 70달러 초반까지 하락했다. 도요타의 아키오 사장은 결국 2010년 2월 24일 미국 의회 청문회에 불려 나가야만 했다. 이 사건으로 도요타는 '품질'에 대한 신뢰가 무너지며 세계 1위 자동차 회사 자리까지 내주게 된다. 세계 3위까지 하락했던 도요타는 이를 회복하는데 3년 가까운 시간이 걸렸다.

1982년 9월 타이레놀을 먹은 소비자들이 사망하는 사건이 발생했다. 타이레놀이 청산가리에 오염됐기 때문이었다. 당시 전문가들은 타이레놀이 신뢰를 회복하지 못할 것으로 전망했다. 하지만 존슨 앤존슨(Johnson & Johnson)은 타이레놀을 복용한 사망사례가 발생하자, 즉시 모든 약국과 슈퍼마켓에 있는 타이레놀을 수거하고(1억 달러) 광고를 중단했다. 구체적인 조사 결과, 누군가 타이레놀에 독극물을 주입했고, 타이레놀 제조 과정에는 문제가 없음이 밝혀졌다. 존슨앤존슨은 자사의 잘못이 없었지만, 오염방지를 위해 포장 용기를 새로 바꿔 누군가 손을 대면 흔적이 남도록 했고, 경고문구도 삽입했다. 이렇게 안전도를 높이기 위해 노력한 결과, 7%로 추락한 시장점유율이 1년 만에 30%를 회복하고, 3년 만에 이전 수준으로 회복했다. 존슨앤존슨에 대한 고객의 신뢰는 더욱 높아졌다. 결국 제임스 버크는 2003년 위대한 CEO 10인에 이름을 올렸다.

기업이 신뢰를 얻는 4가지가 있다. 첫째, 고객을 만족시킬 수 있는 능력이 있어야 한다. 즉 제품(서비스)이 좋아야 한다. 둘째, 선한 행동으로 선한 기업임을 증명할 수 있어야 한다. 꾸준한 선한 행동이 신뢰를 만든다. 셋째, 선한 행동은 투명하고 공정해야 한다. 좋은 일을 하겠다면서 나쁜 방법을 사용하는 것은 신뢰를 잃는 빠른 방법이다. 넷째, 기업 활동이 세상에도 선한 영향력을 끼쳐야 한다. 그 과정에서 기업이 의도하지 않은 결과가 발생했을 때도 기꺼이 책임지는 것이 고객에게 신뢰를 얻는 방법이다.

이솝우화에 나오는 '양치기 소년'은 신뢰를 잃었을 때 자기 목숨을 비용으로 지불해야 한다는 것을 알지 못했다. 우리는 실수를 솔직하게 인정하는 일에 소극적이다. 인정하고 사과하면 스스로 무능하고 책임 있음을 시인하는 것처럼 보이기 때문이다. 잘못된 생각이다. 사과는 실수에 책임을 지겠다는 의지의 행동이다. 우리는 실수를 감추는 사람보다 책임지려는 사람을 더 신뢰한다. 정부나 개인도 마찬가지이다. 신뢰를 잃으면 엄청난 비용을 지불해야 한다. 단, 신뢰는 내가 받고 싶다고 받는 것이 아니라, 상대방이 믿어주어야 가능하다. 신뢰는 행동의 결과이지 불타는 의지가 아니다. 그렇다. 신뢰는 내가 주장할 수 없고, 오로지 상대방이 결정한다. 신뢰는 당신에게 '놀라운 능력'이 있다고 주장한다고 생기지 않고, 그 능력을 '고마운 능력'이라고 고객이 생가할 때만 생긴다. 그것도 반복적으로. 이태원 참사로, 자고 나니 후진국이 되었다. 신뢰가 무너졌다.

그놈의 나이는
언제 어디서나 문제다

그놈의 나이는 언제 어디서나 문제다. 나이가 벼슬인 양 막말이 활개 친다. 폭언은 꼰대의 넋두리가 되고 그때부터 장유유서의 미덕은 사라진다. 물론 막말을 한 사람은 떡이 된다. 국회 같은 공식 석상에서는 더욱 그렇다. 국회 안에서는 28살이든 68살이든 그냥 동료다. 5선이든 초선이든, 남녀·여야 무엇이든 동급이다. 나이를 앞세우는 발언은 그 자체로 폭력이다.

2020년 7월 미국 공화당 '테드 요호(Ted Yoho)' 의원이 민주당 '알렉산드리아 오카시오-코르테스(Alexandria Ocasio-Cortez; 약칭 AOK)' 의원에게 성차별적인 폭언을 했다. 그는 손가락질하며 AOK 의원에게 '역겹고, 미쳤고, 제정신이 아니며, 위험하다'고 말했고, 기자 앞에서 '나쁜 년'이라고 욕설까지 했다. 문제가 되자 마저 못해 사과 아닌 사과를 했다.

다음날 AOK 의원은 의회에서 약 10분간의 공개 발언으로 준엄

하게 꾸짖었다. 그녀는 요호의원의 사과를 거부하면서, 발언 말미에 "마지막으로 저는 요호 씨에게 감사를 표하고 싶습니다. 그는 권력을 가진 남성이 여성을 함부로 대할 수 있다는 것을 만천하에 보여주었습니다. 자신의 막말에 일말의 후회나 처벌의 두려움 없이, 딸을 가진 남성도, 아내가 있는 남성도, 더없이 가정적인 남자인 척하면서도 거리낌 없이 여성을 함부로 대하고, 위협을 가할 수 있음을 보여주었습니다. 제가 겪은 이런 일은 이 나라에서 매일 일어납니다." 시대에 남을 연설이라고 극찬받았다. 이런 일은 대한민국에서도 매일 일어난다.

이황과 기대승의 첫 만남은 기대승이 32살, 이황은 58살 때였다. 기대승은 갓 과거에 합격한 풋내기였고 이황은 성균관 대사성(요즘 국립대 총장급)이었다. 서로 급이 달랐으나 이황은 기대승을 동등한 논쟁 상대로 인정했다. 두 사람이 13년간 나눈 100여 통의 편지에는 스승과 제자, 아버지와 아들, 때로는 나이를 초월한 학우로써의 우정을 엿볼 수 있다. 기대승은 깍듯했고 이황은 겸허했다. 그러나 기대승은 학술논쟁에서만큼은 자신의 견해와 주장을 분명히 했다. 이황의 논지에 대한 허점을 지적하고 거침없이 반론했다. 한참 어린 후배의 이런 행동에도 이황은 기대승의 의견에 귀 기울였고, 자신의 주장을 수정하는 일도 주저하지 않았다. 이는 사단칠정 문제뿐 아니라 성정(性

情), 물격(物格) 등 다른 철학적 주제에서도 마찬가지였다. 이황이 자신의 이론을 더욱 정밀하게 가다듬을 수 있었던 데는 기대승의 역할이 컸다. 서로 교학상장(教學相長) 한 것이다. 퇴계가 퇴계인 이유이다.

우리는 일상에서 지독히도 나이에 목을 맨다. 일제 식민교육의 잔재이다. 일본 메이지유신 이후 초대 문부대신이었던 '모리 아리노리'의 군대식 근대교육방식의 영향이다. 그는 천황에 충성하는 신민을 기르기 위해 사범학교를 교사와 상급생에게 절대복종을 요구하는 군대식으로 재편했다. 다루기 편했기 때문이다. 학교의 반장제도도 군대의 내무반장 제도에서 따왔다. 그러니 나이 한 살도 꼬장꼬장 따지게 되었다. 나이를 서열로 생각하는 우리는 아직도 일제 식민교육 상태에 있다고 할 수 있다. 부끄러운 일이다.

이제 우리 전통인 '상팔하팔(上八下八)'의 벗(친구) 사귐을 회복해야 한다. 주자(송)가 쓴 '소학(小學)'과 박세무(조선 중종)가 엮어 서당에서 가르친 '동몽선습(童蒙先習)'에, 나이가 두 배 많으면 어버이처럼 섬기고, 10살이 많으면 형처럼 섬기고, 5살이 많으면 어깨를 나란히 하는 벗으로 지내도 된다고 한다. 나이의 많고 적음에 관계없이 교제하는 벗을 나이를 잊는 친구 사이라는 뜻으로 '망년지우(忘年之友)'라고 하는데, 망년지우로 사귈 수 있는 나이는 아래위로 8살이나 5살 정도 차이다. 서로 뜻을 나눌 수 있다면 나이를 초월해서 벗이 되기에 충분하다고 가르쳤다. 우리가 잘 아는 오성(이항복)과 한음(이덕형)(5살 차이), 유성룡과 이순신(3살 차이), 이병현과 정선(5살 차이), 정도전과 정몽주(5살 차이), 김유신과 김춘추(7살 차이) 등의 사람들이 나이보다 뜻으로 벗으로 사귀었다. 우리나라에서 나이는 벼슬도 서열도 아니었다.

중국의 양명학자(명) 이탁오(李卓吾)는 '분서(焚書)'라는 책에서 "스승이 될 수 없다면 친구도 될 수 없다"고 했다. "내가 말하는 스승과 친구란 원래 하나인데, 세상 사람들은 친구가 스승인 줄 알지 못한다. 이리하여 가르치는 사람만을 스승이라 한다. 또 스승이 곧 친구인 줄은 모르고 그저 친교를 맺으며 가까이 지내는 자만을 친구라고 일컫는다. 친구라지만 마음을 다해 배울 수 없는 자와는 친구 하면 안 되고, 스승이라지만 마음속의 비밀을 털어놓을 수 없다면 그도 스승으로 섬겨서도 안 된다. … 즉 스승이 될 수 없다면 친구도 될 수 없는 것이다."

나이는 벼슬도 서열도 아니다. 나이 많은 사람일수록 겸허하게 행동하면 대접받게 된다. 여기가 어딘가? 장유유서가 살아있는 '동방예의지국' 아닌가! 젊은 사람들을 믿어라. 실망하지 않을 것이다.

그렇다면 한 살 차이도 지독히 따지는 현재 상태를 어떻게 발전적인 친구 사귐으로 회복할 수 있을까? 간단하다. 선배에게는 지금까지 해오던 대로 깍듯하게 대우해 주고, 후배에게는 선배 노릇 하려 하지 말고 친구처럼 대해주면 된다. 상대방의 마음은 상대에게 맡기고 내 마음을 바꾸는 것은 내 마음에 달렸으니까.

가족은 따뜻함을 제공하는 유일한 곳이다

가족은 따뜻함을 제공하는 유일한 곳이다. 가족은 서로에게 대가를 바라지 않는 선물 같은 관계이기 때문이다. 그 속에는 시기도 질투도 경쟁도 전쟁도 없다. 그러므로 가족은 사람들에게 마치 어머니의 품과 같은 심리적 안식처를 제공한다. 특히 불안의 시대를 살아가고 있는 현대인들에게는 더욱 그렇다. 불안은 미래가 예측 불가능할 때 시작된다. 미래에 대한 불안은 자본주의 시스템이 생겨나고 난 이후에 나타난 징후이다. 원시시대부터 시작된 전 자본주의 시대에서는 미래를 걱정할 이유가 없었다. 그저 오늘을 열심히 살면 아무 문제가 없었다. 열심히 노동해서 하루하루를 탈 없이 살아갈 수 있으면 그것으로 만족하고 행복할 수 있었다. 그들에게 미래는 필요치 않았다.

현대인은 미래를 생각하며 사는 것을 당연하게 생각한다. 그래서 불안의 시절을 살아간다. 불안하다는 것은 현재의 삶이 팍팍하다는 것을 의미한다. 여러 이유가 있겠지만 그것은 자본주의 시스템이 갖고 있는 경쟁 구도 때문이다. 엄밀한 의미에서 자본주의의 경쟁 구도는 경쟁이 아니라 전쟁이다. 경쟁은 기본적으로 서로가 성장 발전하는 상생에 기초하지만, 전쟁은 서로의 발전에는 관심이 없고, 오직 이기느냐 지느냐 또는 죽느냐 사느냐가 중요하기 때문이다. 전쟁에서는 편법을 쓰더라도 이겨서 살아남는 것이 가장 중요한 목적이다. 전쟁에서 공정함을 기대한다는 것은 애초부터 넌센스이고, 자본주의의 경쟁구조 속에서는 인간성을 기대하거나 공정성을 기대하는 것은 사치이다. 우리가 살아가는 자본주의 사회는 살벌하다. 살벌함은 불안을 만들고, 불안은 신뢰를 잃게 만든다. 신뢰를 잃으면 방향을 잃는다. 방향을 잃으면 불안해진다. 불안의 연속은 자본주의 시스템에서 살아가는 자들의 숙명이다. 자본주의는 이러한 불안을 교묘히 활용하며 체제를 유지해 나간다.

미래를 준비하라! 일하지 않는 자, 먹지도 말라! 모든 가치를 계량할 수 있는 자본으로 결정하라!

수많은 자본주의의 강령들이 있다. 그 강령들은 자본주의가 사람들을 통치하는 시스템의 핵심으로 사용된다. 자본주의라는 거대한 시스템과 개인 간의 불공정한 싸움이 정당화되는 것이다. 즉 가진 자와 가지지 못한 자를 막론하고 누구나 예외 없이 그 강령들을 지키지 못할 때는 여지없이 루저(looser)가 되고 결국 '호모사케르(homo sacer)'로 밀려나는 불공정 게임에 노출된다.

호모사케르가 무엇인가? 정치적으로나 법으로 보호받지 못하는 인간이다. 그들은 예외 상태에 놓인 벌거벗은 삶을 살고 있다. 타의에 의해 법 바깥으로 밀려났지만, 여전히 법의 테두리 속에 영향받고 있는 사람이다. 그들은 법에 의해 그들의 권리를 박탈당했지만, 여전히 법의 영향에 구속된 상황에 놓여있다. 그들에겐 인권도 없고 권리도 없다. 극단적인 경우, 그들은 죽임을 당해도 마땅히 하소연할 방법이 없다. 또한 그들을 죽인 자에게도 죄를 묻지 못한다. 호모사케르는 정치적 희생물인 존재이기 때문이다.

비상계엄과 같은 상황이 호모사케르를 설명하는 좋은 예가 된다. 비상계엄 시에는 모든 기존의 법체계는 순식간에 정지한다. 헌법도, 인권도, 모든 시스템이 정지한다. 오직 비상 계엄법만 작동한다. 사람들은 그 비상 계엄법의 테두리 안에서만 권리를 주장할 수 있고 자유로울 수 있다. 계엄법의 테두리를 벗어나면 가차 없이 범죄자로 낙인찍혀 어디에도 하소연할 곳이 없다.

제2차 세계대전 때 독일의 아우슈비츠 강제수용소에 갇힌 유태인들이 호모사케르였다. 유태인들은 죄가 없었다. 유태인이라는 사실이 그들의 죄였다. 독일의 강제수용소에서 그들은 인간의 모든 권리를 박탈당했지만, 여전히 독일에 의해 통제되어 전혀 보호받지 못했다. 그들은 살아있었지만 죽은 것이나 다름없었다. 법의 효력이 정지된 무질서의 공간이었기 때문이었다.

정치학자 아감벤(Giorgio Agamben)은 인류는 호모사케르를 양산하면서 체제를 유지하고 통제해 왔다고 주장한다. 즉, 공공의 안녕과 질서를 지키기 위한 것이라는 명분으로 대상 중 일부를 예외 상태의 환경이나 인간으로 만든다. 법의 효력을 정지시켜 무질서를 만든 다음, 그 자격을 박탈하여 통제하기 쉽게 만들어 자신들의 권력을 유지하는 전략을 사용한다는 것이다. 이 전략을 구사하는 명분은 시대에 따라 달라 지지만 그 핵심은 바뀌지 않았다.

오늘의 자본주의를 살아가는 대중들은 모두 호모사케르에 불과하다. 그들에게 조종당하고 핍박당하는 호모사케르인 것이다. 우리가 호모사케르로 사는 한 우리에겐 어떠한 권리도 주장도 있을 수 없다. 문제는 알고 속느냐, 모르고 당하느냐 뿐이다.

그럼에도 사람들은 믿음을 포기하지 않는다. 친구에게, 동료에게, 선배에게, 후배에게도 믿음을 찾아보려 하지만 흡족한 답을 찾지 못한다. 그리고 좌절한다. 결국 마지막으로 찾아낸 믿을 곳은 가족이 된다. 아무리 세상이 팍팍하고 모질게 바뀐다고 하더라도 가족만큼은 믿을 수 있기 때문이다. 가족 안의 믿음은 예측할 수 있으므로, 사랑을 주어도 상처받지 않을 수 있고, 사랑을 받아도 대가를 지불하지 않아도 된다. 즉 마음대로 사랑하고, 마음대로 사랑받을 수 있다는 예측 가능성 말이다. 이름하여 인간들의 삶의 공간 속에서 마지막으로 남아있는 경쟁 없는 편안한 공간이 가족이다. 호모사케르로 내동댕이쳐진 지금, 가족의 의미가 다시금 절실해진다.

옛 선비들은 매미의 모습에서
군자의 길을 찾았다

옛 선비들은 매미의 모습에서 군자의 길(君子之道)을 찾았다. 매미의 생김새와 삶의 모습을 통해 수신(修身)의 도구로 삼은 것이다. 중국 진(晉)나라 육운(陸雲)은 그의 문집(한선부) 서문에서 매미가 '문청염검신(文淸廉檢信)'이라는 오덕(五德)을 갖추었다고 하였다. 즉 머리 모양새가 선비의 갓끈을 닮았으니 글을 안다는 것이고(文), 맑은 이슬만 먹고 사니 청빈하다는 것이며(淸), 사람이 먹는 곡식은 손대지 않으니 염치가 있을 뿐 아니라(廉), 굳이 거처를 마련하지 않고 나무 그늘에서 사니 검소하고(檢), 때맞춰 울다가 죽음을 맞기에 신의가 있다(信)고 하였다.

선비는 오늘날의 사회 지도층이다. 리더다. 리더는 '덕(德)'을 갖추어야 한다. 덕을 갖추기 위해서는 매사에 긍정적일 필요가 있다. 그런 면에서 덕은 긍정과 가깝다. 긍정이란 사태를 낙관적으로 보는 것이 아니라, 현재 주어진 상황을 있는 그대로 인정하고 문제의 해결책을 찾는 것이다. 그래서 긍정은 덕과 가깝다. 현재 상황을 바르게 보면 덕이고, 있는 그대로 보면 긍정이다. 있는 그대로 바라보면 상황에 맞는 바른 결과를 얻을 수 있다. 내 마음을 알 수 있고, 남의 마음도 알 수 있어 배려할 수 있다. 덕과 긍정이 친한 이유다.

군자의 상징인 매미는 7년을 애벌레로 견디다가 겨우 7일을 살다가 죽는다. 애석하게도 매미는 봄·가을을 알지 못하는 태생적인 한계를 갖고 있다. 장자, '소요유' 편을 보면 다음과 같은 이야기가 있다.

상나라 '탕왕'과 '하극'이 천지사방의 크기를 토론하고 있었다. 그 대화에는 크기를 가늠할 수 없는 바다 같은 천지(天池), 그 바다에 사는 곤(鯤)이라는 길이가 몇천 리나 되는 물고기, 태산같이 큰 붕(鵬)이라는 새가 등장한다. 어느 날, 한 번 날면 하늘을 구만리까지 날아오르는 붕새가 구름을 타고 남쪽으로 가려 했을 때, 이 광경을 본 '매미와 비둘기'가 "저 새는 어딜 가려는 거야? 나는 훌쩍 날아오를 수 있지만 얼마 못 가서 내려올 수밖에 없어. 이렇게 풀밭 사이를 날아다니는 것도 큰 즐거움이거늘 저 새는 뭘 하려고 저러는 거야?"며 붕을 비웃었다.

이야기를 마치고 하극은 말했다. "하루를 살고 죽는 식물이 한 달이 있는 줄을 알 수 없고, 한 철을 살다 죽는 매미는 봄가을의 이치를 알 수 없다. 재능과 지혜가 떨어지는 자는 재능과 지혜가 넘치는 자를 이해할 수 없고, 수명이 짧은 것은 수명이 긴 것을 이해할 수 없는 법이다. 이것이 크고 작은 것의 차이"라고 말한다.

이 이야기는 스스로는 잘 아는 척하지만 실제로는 아는 것이 별로 없는 우물 안 개구리와 같은 사람을 비유할 때 종종 사용된다. 하루살이는 자기가 산 하루가 세상에서 가장 긴 시간인 줄 알고, 매미는 자기가 산 여름 며칠의 시간이 전부인 줄 안다. 사람도 마찬가지. 평생 자기 욕심만 차리며 살아온 사람은 남의 마음을 알지 못하고, 봉사하는 활동이 주는 즐거움을 알지 못한다. 지도자가 되고 싶다면 한 철 살다가는 매미가 되어서는 곤란하다.

우리나라 정치인은 어떤가? 그들은 좋은 세상 만들겠다고 소리 높여 외친다. 입으로는 남의 다리 시원~하게 긁어주겠다고 외치지만 어떠한 경우라도 남의 다리를 긁어주지는 않는다. 그러니 국민이 보기에는 정말 '남의 다리 긁고 자빠졌다'는 생각밖에 들지 않는다. 국민이 말하는 남의 다리 긁고 자빠진다는 말이 무엇인가? 잿밥에만 정신 팔고 있다가 엉뚱한 행동으로 헛발질하는 것, 시민이 원하는 일 한다면서 자기 잇속만 챙기는 것, 어쩌다가 시민을 위한답시고 한 일도 세금만 낭비하고 콩고물까지 챙겨가는 것이다.

봄은 여름을 이길 수 없다. 여름은 가을을 알 수 없다. 물론 여름은 봄을 모른다. 하지만 계절마다 다 제 할 일을 한다. 봄비는 일비고 여름비는 잠비고 가을비는 떡비고 겨울비는 술비라는 속담이 있다. 봄에 비가 오면 들일을 해야 하고, 여름에 비가 오면 일터에 나가지 않고 낮잠으로 피로를 풀고, 가을비엔 햅쌀로 떡 만들어 먹으며 쉬고, 겨울비엔 술 마시고 즐긴다는 뜻이다.

똑같은 비도 오는 때에 따라 역할이 다른데, 어찌 된 일인지 우리나라 정치하는 놈들은 한결같다. 남의 다리 긁어주겠다고 연설해 놓고 자기 등만 긁고 나서 스스로 감동한다. 그러니 정치꾼이 긁어주겠다는 다리는 시원해지기는커녕 오히려 더 욱신거린다. 정말, 진심으로 남의 다리를 시원하게 긁어주는 정치인이 보고 싶다. 자기만 알고, 국민은 아랑곳하지 않는 정치꾼이야말로 봄가을 모르는 매미가 아니겠는가? 어찌 된 일인지 요즘 정치꾼들은 매미에 담긴 군자의 도(道)는 염불 외듯 좔좔 외면서, 하는 짓은 세상 이치 모르는 한철 매미 같은 짓거리만 하여 매미를 욕보인다.

'버니 샌더스'의
역설이라는 말이 있다

'버니 샌더스'의 역설이라는 말이 있다. 버니 샌더스(전 미국 민주당 대통령 후보)가 당선될 수 있다면 그는 대통령을 할 필요가 없다. 왜냐하면 그를 대통령으로 뽑을 정도의 의식을 가진 시민들이 있다면, 이미 사회적 자정작용이 제대로 작동하고 있는 것이므로 굳이 그가 대통령을 하지 않아도 된다는 말이다. 훌륭한 시민들이 있으니 훌륭한 정치인은 필요치 않다는 말과 다르지 않다. 이제 대한민국은 선진국이 되었고, 세계 최고의 민주시민까지 가졌으니 제정신 가진 민주적인 대통령은 필요 없는가?

백인 블루칼라의 모순도 있다. 그들에게 불리한 정책을 펼수록, 그들의 표를 더 얻을 가능성이 높아진다는 말이다. 사람들은 사는 형편이 어려워질수록 과거를 그리워하며, 복지를 삭감하고 인권을 후퇴시키는 정책을 펴는 보수에 표를 던진다고 한다. 지금 실제로 대한민국에서 일어나고 있는 현상이다. 대한민국에서는 약자가 강자의 권력을 걱정하고, 가난한 사람이 부자의 돈을 걱정하는 세상이 된 지 오래다. 일본의 자민당이 대한민국은 정권교체가 필요하다고 하니, '국민의힘'이 이에 고무되어 대한민국의 정권교체를 이뤄내겠다고 정신 나간 각오를 다진다. 이미 국민의 짐이 되어버린 국민의힘이 토착 왜구 정신으로 전열을 가다듬으면 정권교체는 이루어질 수 있을까?

참전군인의 모순도 있다. 그들은 전쟁의 후유증으로 고생하면서도, '전쟁은 너무 잔혹하니, 전쟁으로 전쟁을 없애야 한다.'고 부르짖는다. 결국 전쟁을 해야 한다는 모순이 만들어지는 것이다. 마치 불공정은 나쁘니 불공정으로 막아야 하고, 독선은 잘못된 것이니 독선으로 막아야 한다고 우기는 괴변이 힘을 발휘하는 것과 같다. 과연 대한민국에서도 참전군인의 모순은 통하고 있는가?

이러한 모순은 어디에서 비롯되는가?

소설가 '파울로 코헬료'의 글 중에 다음의 글이 있다. 요약하면 다음과 같다.

"한 젊은 부부가 새로운 동네로 이사했다. 다음 날 아침, 아침 식사를 하면서 아내는 이웃이 빨래 너는 것을 보면서 말했다. "빨래가 별로 깨끗하지 않네요. 그녀는 세탁 방법을 잘 모르나 봐요. 아마도 그녀는 더 좋은 세제가 필요할 것 같아요." 그녀의 남편은 조용히 쳐다보았습니다. 아내는 이웃집에서 빨래를 말릴 때마다 같은 말을 했습니다. 한 달 후, 아내는 빨랫줄에서 깨끗한 세탁물을 보고 놀라며 남편에게 말했다. "여보, 그녀가 마침내 제대로 빨래하는 법을 배웠나 봐요. 누가 그녀에게 이것을 가르쳐 줬을까요?" 남편은 "오늘 아침 일찍 일어나 창문을 청소했어요."라고 대답했다.

우리가 다른 사람들을 볼 때 눈에 보이는 것은 우리가 보는 창문의 깨끗함에 달려있다. 그러니 다른 사람을 너무 쉽게 판단하면 안 된다. 특히 분노, 질투, 부정적 또는 충족되지 않은 욕망으로 인해 삶에 대한 관점이 흐려지면 더욱 그렇습니다. 사람을 판단한다고 해서 그가 누구인지 정의되지 않습니다. 오히려 당신이 누구인지를 정의합니다."

지금 대한민국은 '내로남불'이 활개 치는 세상이다. 일상이다. 자신의 흠은 애써 돌아보려 하지 않고 남의 흠만 들춰내어 떠들어댄다. 이런 걸 흑색선전이라고 하나? 마치 내로남불을 내로남불로 바로잡겠다는 것처럼. 이쪽에서도, 저쪽에서도 서로를 내로남불이라고 힐난한다. 여기서 정리가 필요하다. '다른 의견'과 '틀린 의견'은 다르다. 다른 의견은 다른 의견이고 틀린 의견은 그냥 틀린 개소리지 다른 의견이 아니다. 다른 의견은 똘레랑스 정신으로 서로 존중해야겠지만, 틀린 의견을 다른 의견이라고 말하는 것은, 인정하는 것은 비겁이다. 그냥 자신의 이익에 눈이 먼 쓸모없는 지식인들이 자신의 추악한 속내를 거침없이 드러내는 말장난에 불과하다. 똘레랑스는 어디까지나 정당한 싸움일 때 해당하는 말이다. 아무 곳에서나 사용하면 세상이 어지러워진다. 그럼에도 계속되는 것은, 그것이 꽤 잘 먹히기 때문이다.

중국의 사상가(소설가) 루쉰(魯迅)은 <페어플레이는 아직 이르다(1929)>라는 글에서 "사람을 무는 개가 물에 빠졌을 때, 그 개를 구해줘서는 안 된다. 오히려 더 두들겨 패야 한다. 그러지 않으면 미친개가 뭍에 나와 다시 사람을 문다"고 했다. 물에 빠진 개도 생명이니 우선 살려놓고 봐야 한다는 알량한 선의가 결국 또 다른 사람을 물게 만드는 참혹한 미래를 만들게 됨을 경고한 말이다.

나는 별로 중요한 사람이 아니다

나는 별로 중요한 사람이 아니다. 내가 무엇을 하든 나를 거들떠 보는 사람들이 없기 때문이다. 그래서 자유롭다. 새해다. 새해가 되면 누구나 나름의 계획을 세운다. 나도 올해 꽤 야무진 계획을 세웠다. 완벽하지 않은 나를 인정하기로 한 것이다. 부족한 나 또한 부정할 수 없는 나이기 때문이다. 올해는 남들이 좋아하는 삶을 사는 것이 아니라 내가 좋아하는 삶을 살고, 남들이 요구하는 삶이 아니라 내가 살고 싶은 대로 사는 자유로운 삶을 살고자 하는 거~창한 계획이다. 자유롭기 위해서는 용기가 필요한데, 용기의 핵심은 꾸미지 않는 것에 있다. 용기란 맞는 것엔 맞다 하고, 틀린 것엔 틀렸다 하고, 다른 것엔 다르다 할 수 있는 것이다. 어려운 일이다. 특히 나의 자유가 다른 사람에게 피해 주지 않고, 도움 되기는 더욱 어렵다.

"천하가 다 아름답다고 하는 것이 꾸며진 아름다움이라면 나쁜 것이요, 천하가 다 선하다고 알고 있는 것이 꾸며진 선이라면 선이 아니다"(노자 도덕경 2장, 무위(無爲) 편)라는 말이 있다. 꾸민다는 것은 자유롭지도 않거니와 나쁜 것일 수도 있다. 만약 악을 악이라 하거나, 선을 선이라 말하는 것은 사실을 말하는 것이니 꾸밈없고 좋은 것이다. 그러나 악을 선이라 말하거나 선을 악으로 말하는 것은 꾸미는 것이다. 거짓이고 나쁜 것이다. 그곳에 진심은 없다.

사람에겐 칠정(七情)이 있다. 희노애락애오욕(喜怒哀樂愛惡欲), 일곱 가지 인간의 감정이다. 칠정이 일상에서 자유롭게 표현될 때는 자연스럽지만 그것이 꾸며진다면 왜곡된다. 아름다움, 선, 웃음, 분노, 슬픔, 즐거움, 사랑, 미움, 욕심 등 무엇이든 꾸며진 것들은 우리의 자존감을 왜곡시킨다. 꾸밈에는 자유도 없고 믿음도 없다. 하지만 칠정을 제대로 표현하며 사는 사람은 드물다. 더군다나 칠정을 잘 다스려 표현하지 말라고까지 이야기한다. 그렇게 하는 것이 사회생활의 기본예의라고 생각한다. 이런 꾸밈은 이미 일상이 되었다. 이상한 것은 사람들은 자존감 없이 살려고 애를 쓰듯 꾸미기 위해 노력한다는데 있다.

이런 점에서 칠정을 표현하는 것 자체가 용기일 수도 있다. 생각해 보자, 나는 기쁠 때 기뻐하고 있는가? 혹 주위의 눈치를 보느라 기뻐하지 못하고 있지는 않은가? 화를 내야 할 때 화를 내지 못하고 꿀꺽 삼키고 있지는 않은가? 거의 매일 그렇게 살고 있지 않은

가? 슬플 때 마음 놓고 울고 있는가? 즐거울 때, 사랑할 때, 부끄러울 때, 미울 때, 욕심내야 할 때, 제대로 표현하며 사는가? 대부분 다른 사람들의 눈치를 보느라 자신의 감정을 표현하지 못한다. 그렇게 우울을 쌓아간다. 현대인의 마음 병은 칠정을 자연스럽게 표현하지 못하는 것에서 비롯된다. 대체로 순간의 모면을 위해 자유보다 자발적 복종을 택한다. 자발적 복종에 익숙해지면 타자의 삶을 살게 된다.

얼마 전 방영되었던 한 커피 광고의 내용이 참 웃프다. 공감 100%다. 여자팀장이 휴대폰을 보며 내용을 읽어나간다. "휴가 의견 없어요, 네네넵, 넵넵, (이건) 의견을 내랬더니 넵만 내놨네."라고 팀원들에게 핀잔을 주고 있을 때, 팀장의 상사가 지나가면서 팀장에게 "조팀장님"이라고 말하자 팀장도 거의 반사적으로 '넵'이라고 말한다. "그 건(件) 잘되고 있죠?"라고 묻자 팀장은 '네넵'이라고 말한다. 그러자 상사는 한심하다는 듯이 피식 웃으면서 "넵만 하지 말고, 좀 (잘하세요)"이라고 말하자 팀장은 또 자동적으로 '넵'이라고 말한다. 화면이 바뀌고 팀장의 부끄러워하는 모습이 보이고, 후배사원이 웃으면서 팀장에게 "어허, 거 참 넵만 하지 말고, 커피나 한 잔?"이라고 말하며 커피를 건네준다. 팀장은 커피를 받고 "어! 따뜻한데"라고 말하며 커피를 마신다. 마지막에 팀장은 "넵만 하지 말고, 잘하자."라며 끝난다. 영혼 없는 넵으로 시작해서 의미 있는 넵으로 끝나는 광고다.

　오늘을 살아가는 우리 중 누구도 광고에 등장하는 상황과 다르게 살아간다고 자신 있게 말할 수 없을 것이다. 대부분 그렇게 산다. 먹고 살아야 하니까. 그만큼 꾸미지 않고 솔직하게 말하고 행동하는 것이 쉽지 않다. 그렇게 우리는 자발적 복종에 길들어져 산다. 자발적 복종엔 자유가 없다. 자유를 잃어버리면 도처에 나쁜 자들이 득세하게 된다. 그때부터 우리는 약탈당하고 배신당하게 된다. 우리가 하는 모든 노력은 나쁜 자들의 쾌락, 자본, 탐욕의 도구가 된다. 순간의 모면을 위해 선택하는 자발적 복종은 삶의 맛과 흥미를 느낄 수 없게 만들어버린다. 올해, 나는 칠정을 자연스럽게 표현하는 것, 나의 부족한 부분을 꾸밈없이 보여주는 것으로 자유로운 삶을 살 수 있는 용기가 꾸준하기를 기대한다. 당신의 앞으로의 계획은? 넵, 넵, 넵?

눈 뜨고 코베이징
2022 동계올림픽

<눈 뜨고 코베이징 2022 동계올림픽> 2월 7일, 황대헌과 이준서의 남자 쇼트트랙 1,000미터 준결승 편파 판정 이야기다. 심판은 중국팀에게 금메달을 선사할 요량을 단단히 했는지 어처구니없는 판정을 하였다. 그는 준결승에서 황대헌과 이준서를 패널티 판정으로 줄줄이 실격시켰다. 황대헌과 이준서가 실격되면서 조 3위로 탈락하게 된 중국 선수들이 결승에 올랐는데, 결승전에서는 헝가리 선수를 중국 선수가 밀쳤는데, 패널티는 밀쳐진 헝가리 선수에게 주어져 금메달과 은메달을 중국 선수가 목에 걸었다. 누가 봐도 노골적인 편파 판정이었다. 세계는 경악했다. 이로써 참가하는 것만으로도 영광이라는 숭고한 올림픽 정신도, 정정당당하게 인류애를 나누는 스포츠정신도 훼손되었다. 2022베이징올림픽의 공식 슬로건은 '공통의 미래를 위해서 함께'였지만, 그 아름다운 슬로건 앞에서 중국 패권

주의의 힘이 노골적으로 작동된 편파판정은 올림픽이라는 지구인의
축제를 훼손했다. 그날은 중국 스스로 올림픽을 '무법천지(無法天地)'
상황으로 만들어 버린 날이었다.

<드라마, 슬기로운 감방 생활 11화> 4명을 죽인 무기수 이야기가
나온다. 딸이 대학 동아리 MT에 갔다가 4명에게 윤간을 당했다. 그
충격으로 딸은 자살했고, 아내도 뒤이어 자살했다. 가해자들은 시쳇
말로 있는 집 자식들이었는데, 1명은 집행유예, 3명은 1년도 채 되지
않는 가벼운 처벌을 받고 풀려났다. 대기업 임원이었던 아버지는 가
해자들이 출소하기를 기다려 그들을 망치로 쳐서 모두 죽여 버렸다.
죽인 다음 그들의 눈까지 파버렸다. 그들이 저승에 가서 딸을 알아
보고 또 해코지하지 못하게 하려고 그랬다고 한다.

4명의 가해자에겐 법이 필요 없었다. 그들에게 법은 돈의 힘이었
다. 그들은 돈의 힘이 주는 법의 지극한 보호를 받고 가벼운 마음으
로 콧노래를 불렀을 것이다. 아마도 자신들의 죄를 뉘우치기보다 법
과 세상을 조롱하면서 다음 피해자를 물색했을지도 모른다. 이 경우
법은 있었는가? 없었다. 법은 있었으나 작동되지 않았고, 가진 자들
을 보호하기 위해 왜곡되게 작동하였으니 바로 '무법천지'의 상황이
었다.

어디를 가더라도 법만 잘 알면 굶어 죽지 않는다는 말이 있다. 법

의 틈새에는 허점이 있다는 말이다. 그 틈을 잘 이용하면 법을 어기고도 떵떵거리며 큰소리칠 수 있다. 대부분의 힘 있는 자들은 법의 틈새를 잘 알고 칼춤을 춘다. 그들은 자신들의 범죄를 자신들의 입맛에 맞게 요리한다. 그 핵심이 강자였던 가해자(범죄자)들을 피의자인 약자로 치환시키는 것이다. 그 순간부터 가해자들은 강간범이라 하더라도 힘없는 피의자가 되고, 약자가 된 그들은 법의 보호를 충분히 그리고 쫀쫀하게 받아낸다. 그렇게 강간범들은 가볍게(?) 풀려나면서 세상을 비웃는다. 그들이 약자라고? 개소리다!

법은 왜 있는가? 나라를 다스리는 권력자를 위해 있는가? 아니면 국민을 보호하기 위해 있는가? 법은 '갑'을 위해 있는가, '을'을 위해 있는가? 법은 법을 잘 아는 사람들을 위해 있는가, 법을 잘 모르는 사람을 위해 있는가? 법은 강자의 권리를 정당화하기 위해 있는가, 약자의 권리를 보호하기 위해 있는가? 법은 가해자를 위해 있는가, 피해자를 위해 있는가?

법은 약자를 지키기 위해 사용될 때만 옳다. 대체로 우리나라 법은 잘 정비되어 있다. 특별히 문제가 없다고 생각한다. 그러나 아무리 좋고 완벽한 법이라 하더라도 쓰기에 따라 하늘과 땅처럼 반대가 된다.

노자 도덕경 57장과 58장에 다음과 같은 내용이 나온다. "천하는 국민을 해치지 않는 것으로 다스린다. 국민을 보호해야 한다. 나라의 법이나 금기가 많을수록 국민은 더욱 빈곤해지고, 삿된 기교가 많아지면 기괴한 일이 생겨나 나라가 혼란해지고, 사람들의 욕심이 커질수록 괴이한 짓거리가 생겨나기 쉬우며, 법령이 엄할수록 법을 어기는 사람이 많아진다. 그래서 국민을 위해 무언가를 하려고 하지 말고, 간섭하지 않으면 국민은 스스로 알아서 바르고 소박하게 산다."(57장) 국민을 위해 법의 최소화를 말한다. 또 "천하를 관대한 마음으로 품어서 이끌면 사람은 순해지고, 엄하게 다스리면 사람은 간교해진다. 재앙은 그 안에 행복이 기대어 있는 곳이고, 행복은 그 속에 재앙이 숨어 있는 곳이다. 재앙과 행복이 엇갈리는 데에 정해진 기준은 없다. 때로는 올바름이 바뀌어 악으로 변하기도 하고, 선함이 뒤집혀 요망한 것으로 바뀌기도 한다."(58장)

어디 행복과 재앙만 그렇겠나? 좋은 법이 나쁜 법이 되는 데에도 특별한 기준이 없다. 그 법이 누구를 대변하느냐에 따라 달라진다. 법이 법을 잘 모르는 약한 사람을 대변하면 좋은 법이 되겠지만, 법을 잘 아는 힘 있는 미꾸라지 같은 놈 편에 서면 무법이 된다. 법이 가는 방향이 바뀌면 '무법천지'의 세상이 되는 것은 순식간이다. 무법천지를 꿈꾸는 자들이 새겨들었으면 좋겠지만, 나는 안다. 그것들은 이 말을 우습게 들을 것임을. 그러니 그 것들에게 큰코다치지 않으려면 그들의 감언이설에 속지 말기를.

작은 잘못을 감추기 위해
거짓말을 시작하면

작은 잘못을 감추기 위해 거짓말을 시작하면 그 거짓말을 숨기기 위해 더 큰 거짓말을 하게 된다. 결국에는 싸구려 불량품만 유통되는 레몬시장(Lemon market)이 만들어진다. 여기서 '레몬(Lemon)'은 결함이 있는 차, 불쾌한 것(일, 사람), 시시한 것, 맛(재미)없는 것을 뜻한다. 그래서 레몬시장에는 신뢰가 없다.

세계광고사의 전설이 된 불량품 광고가 있다. 폭스바겐 비틀의 'Lemon(불량품)' 광고이다. 폭스바겐 비틀은 1933년 히틀러가 디자인하고 1938년에 포르쉐에 의해 완성된 독일의 국민차이지만 제2차 세계대전 때문에 실제로 국민에게 지급된 비틀은 한 대도 없었다. 패전 이후 우여곡절 끝에 살아남은 폭스바겐은 민간인에게 판매된 지 8년 만에 100만 대를 돌파한다. 유럽에서의 성공에 힘입어 1949년 미국 시장에 뛰어들었지만 1952년까지 4년 동안 겨우 천(1,114)여대를 판매하는 데 그쳤다. 그런 폭스바겐이 1961년 'Lemon(불량품)' 광고가 나간 이후 1년 만인 1962년에 500만 대를 판매하게 된다. 놀라운 결과였다.

폭스바겐이 자신의 제품을 '불량품(Lemon)'이라고 내세운 광고의 내용은 다음과 같다. 보기에 멀쩡해 보이는 이 차가 불량품인 이유는 차체의 크롬이 벗겨져 흠이 나 다시 도색해야 하기 때문이라고 말했다. 좀처럼 눈에 띄지 않는 흠이지만 검사원이 발견했고, 공장에는 이런 검사원이 3,398명이나 있다고 말하면서 '레몬은 저희가 가져가고 자두(Plum: 가장 좋은 부분을 의미하는 속어)만 고객에게 드릴 것'이라는 메시지를 전달했다. 자신을 폄훼하면서 폭스바겐의 우수성을 명확하게 전달했다. 진정성도 함께 전달되어 소비자로부터 신뢰를 얻었다. 예나 지금이나 광고는 적당한 뻥튀기와 왜곡으로 이루어진다고 생각하는 경향이 많지만 틀린 말이다. 광고에서도 진실과 진정성을 말했을 때, 또 그것이 전달되었을 때 소비자들은 믿어주고 응원하고 감동으로 이어진다. 어리숙해 보여도 소비자는 다 알고 있다. 상대방이 사기를 치는지, 진심을 말하는지 다 안다. 당신은 소비자를 속일 수 없다. 요즘 기업에게 ESG 경영이 괜히 요구되는 것이 아니다. 진심으로 행동할수록 소비자들이 많이 구매하여 이익이 되기 때문이다. ESG 경영 실천으로 세상을 선하게 만드는 것은 부차적인 문제이다.

'레몬시장(Market for Lemons)' 이론이 있다. 레몬시장이론은 '정보 불균형'으로 인해 물건의 품질이 나쁜데도 가격은 하락하지 않아 시장 전체가 신뢰를 잃고 붕괴하게 되는 현상을 말한다. 즉, 중고차 판매자는 자신이 파는 차가 겉만 번지르르한 레몬(불량품)인 것을 알고 있지만, 중고차에 대한 정보가 별로 없는 구매자는 자신이 사는 차가 레몬인지 아닌지 잘 알지 못한다. 이것이 판매자와 구매자 사이에 '정보 비대칭'이다. 구매자는 자신이 사는 중고차가 레몬일지도 모른다고 생각하여 차를 싸게 사려고 한다. 그 때 성능 좋은 차는 원래 가격을 제대로 못 받는 문제가 생긴다. 결국 질 좋은 차의 소유자들은 레몬으로 형성된 낮은 가격으로 팔수 없으므로 차를 시장에 내어 놓지 않기 때문에, 중고차 시장에는 좋은 차는 적어지고, 레몬의 수만 늘어난다. 이런 악순환이 반복되면 결국 중고차 시장에는 레몬만 남게 되어 신뢰가 사라져 시장 자체가 붕괴할 수 있다는 이론이다.

폭스바겐 비틀은 레몬으로 흥했다가, 레몬으로 단종 됐다. 1961년의 레몬광고는 진정성 있게 좋은 자동차임을 전달하여 소비자들에게 환영받았지만, 2015년의 디젤게이트(Dieselgate) 사건은 몹쓸 레몬이 되어 고객의 신뢰를 한 순간에 잃게 하였다. 디젤게이트는 자동차 회사들이 수년 동안 '디젤배출가스양'을 조작해 온 사실이 발각된 사건이다. 클린디젤을 대대적으로 광고했던 폭스바겐그룹은 특히 더 큰 타격을 받아 시가총액 약 20조의 주식(17%)이 날아가고, 3만여 명의 직원을 해고해야 했다. 또한 차량 40종의 단종 계획을 세워야 했다. 비틀은 2018년 단종이 발표되고 2019년에 지구상에서 사라졌다. 그만큼 소비자는 무섭다. 이제는 누가 앞서서 선동하지 않더라도 집단지성을 발휘하여 조용히, 아주 조용히 응징한다. 고객을 속일 생각 따윈 하지 말아야 한다. 통하지 않는다.

3부

혁명은 사·실·만·으로 충분하다

혁명은
사실만으로 충분하다

혁명은 사실만으로 충분하다. 요즘 진짜보다 가상이 대세다. 메타버스는 황금알이 되었고, AI 뉴스앵커가 등장한 지도 오래됐다. 대통령 후보도 AI 후보가 등장했을 정도다. 광고계에 AI 모델이 등장한 지는 꽤 되었다. 2021년 2월 모 홈쇼핑에서 자체 개발한 가상모델 '루시(Lucy)'가 지난해 12월 쇼호스트로 데뷔하여 목소리를 공개했다. 그녀는 29세의 디자인연구원이면서 패션모델이면서 취미 부자다. 그야말로 본캐와 부캐가 빵빵한 캐릭터다. 루시는 향후 음성표현, 실시간 소통 기능 등이 더해져 실제 인간과 비슷한 수준으로 진화하여 우리에게 다가올 것이다. 또 다른 가상모델로 '로지(Rozy)'도 활동하고 있다. 로지는 22세의 여성으로, MZ세대가 가장 선호하는 얼굴형을 모아 만들었다고 한다. 화장품 모델로 출발했지만, 패션이면 패션, 운동이면 운동, 사교적인 성격 등 자신감 넘치고 튀는 매력으로 인스타그램에서 이미 10만 명이 넘는 팔로워를 보유하고 있다. 그녀는 이미 MZ세대의 대표 아이콘이라 해도 무리가 없다. 루시와 로지는 여러 브랜드의 전속모델로 캐스팅되어 왕성하게 활동하고 있다.

가상 인간이 광고모델로 인기 있는 이유는 실제 인간처럼 실수하지도 않고, 문제를 일으키지도 않아 기업에서는 리스크가 없으니 매력적일 수밖에 없다. 얼마 안 있어 가상 인간은 광고계의 블루칩을 넘어 인간 모델을 대체할지도 모른다. 이는 진짜와 가짜가 중요하지 않은 세상이 일상화되고 있다는 말과 같다. 물론 소비자들은 진짜냐 가상이냐에 대해 크게 신경 쓰지 않는다. 그냥 감각적으로 내 마음에 들면 오케이다. 내가 원하는 정보를 신선하고 재미있게 내 감각에 맞춰 알려주니 별문제가 없다. 진짜냐 가짜냐 보다, 좋고 싫음이 더 중요해졌다는 말이다. 이런 현상은 향후 광고의 존재 이유가 될지도 모른다.

광고가 가상화되는 것은 그래도 애교로 봐줄 수 있다고 하더라도, 가짜가 기본이 되는 가상이 정치판에 들어오면 좀 무서워진다. 조지오웰의 소설 '1984'나 '동물농장'이 생각나기 때문이다. 동물농장에는 돼지들의 새로운 지도자 나폴레옹이 나오는데, 그는 온갖 수작을 부려 경쟁자를 물리치고, 동물들의 낙원을 위한 동물농장 일곱 계명을 '돼지만을 위한' 일곱 계명으로 바꿔버린다.

원래 스노볼이 만든 '동물농장 일곱 계명'은 다음과 같았다. ① 무엇이건 두 발로 걷는 것은 적이다. ② 무엇이건 네 발로 걷거나 날개를 가진 것은 친구이다. ③ 어떤 동물도 옷을 입어서는 안 된다. ④ 어떤 동물도 침대에서 자서는 안 된다. ⑤ 어떤 동물도 술을 마시면 안 된다. ⑥ 어떤 동물도 다른 동물을 죽여선 안 된다. ⑦ 모든 동물은 평등하다.

돼지만을 위한 일곱 계명은 다음과 같이 바뀌었다. ❶ 네발도 좋지만 '두 발은 더 좋다.' ❷ 무엇이건 네 발로 걷거나 날개를 가진 것은 친구다. ❸ '돼지는' 옷을 입어도 된다. ❹ 어떤 동물도 침대에서 '이불을 덮고' 자서는 안 된다. ❺ 술을 '지나치게' 마시면 안 된다. ❻ 다른 동물을 '이유 없이' 죽여선 안 된다. ❼ 모든 동물은 평등하다. '그러나 더욱 평등한 동물도 있다.'

동물을 위해 일으킨 혁명이 오히려 동물을 더 핍박하게 만들고, 돼지들만 놀고먹게 바꾼 것이다. 동물들이 사실을 제대로 살피지 않았기 때문이다. 그러니 참인지 거짓인지, 옳은지 그른지 판단할 수 없게 된다. 결국 사실은 묻혀버리고 왜곡된 신념이 눈과 귀를 가려버려 돼지들의 낙원이 되어버렸다.

디지털 기술로 지구는 지구촌이 되었다. 디지털이 만든 지구촌은 사람들에게 지구 곳곳에서 일어나는 희귀한 일들을 실시간으로 한눈에 알게 해주고 있다. 그 희귀한 일들은 이미 평범한 일상의 일이 되었다. 착시다. 디지털 가상은 착시 세계를 우리 앞에 펼쳐놓으며 사실을 묻어버리며 우리 감각을 압도한다. 이제 등잔 밑이 어두운 것처럼, 코앞에 있는 것도 제대로 보기 어렵다. 사실을 제대로 보기 위해서는 지속적인 노력이 필요하다. 띄엄띄엄 보면 등잔 밑에 가려져 있는 사실을 알 수 없다. 띄엄띄엄 보다 보면 내가 무엇을 못 보는 지조차 모른다. 그것이 착시와 착각을 부르는 디지털 기술(세상)이다.

'조지오웰'은 말했다. 사기, 속임수, 기만, 가짜뉴스, 음모 등 온갖 나쁜 수단들이 판치는 세상에서는 사실을 말하는 것만으로도 혁명이 된다고. 그렇다. 혁명은 단순하다. 사실을 말하는 것으로 충분하고, 사실을 알아보는 것만으로도 충분하다. 언론은 사실을 말하는 것으로, 법을 집행하는 사람은 법대로 하는 것이 혁명의 지름길이다. 처음의 취지 즉 초심에 충실하면 혁명이 된다. 혁명이 일어나지 않는 이유는 모두 입으로 사실을 말하지 않고 좌고우면하면서 잔머리 굴려 행동하여 거짓으로 일관하기 때문이다. 기본을 지켜야 한다면서 편법을 더 우선시하고, 법대로 해야 한다고 떠들면서 돈이 가리키는 대로 집행하기 때문이다. 돼지들이 사실을 호도하고 감추는 방법이다. 특히 좀 아는 체하는 지식인 부류들이 앞으로는 웃는 낯짝을 하면서 뒤로는 흉기를 감추고 국민을 핍박하는 데 동참한다. 까딱 잘못하면 죽 쒀서 돼지 주는 꼴을 당할지도 모른다. 그래도 되는가?

유능한 지도자는
어디서든 아는 척하지 않는다

유능한 지도자는 어디서든 아는 척하지 않는다. 듣는다. 수해 현장에 가면 수해 전문가에게 듣고, 공장에 가면 공장장에게 듣고, 경제부처에 가면 경제전문가에게 듣는다. 결코 먼저 말하지 않는다. 또한 어설프게 아는 척하지도 않는다. 예단하지도 않는다. 지도자가 그 문제를 다 알지도 못하거니와 다 알 필요도 없고, 다 알고 있어야 하는 것도 아니다. 설사 아는 척해본들 그 정도는 그 분야 전문가들에겐 삼척동자도 다 아는 기초 중의 기초에 불과하니, 그것으로 해법을 찾아낼 수 없다. 시간 낭비고 문제만 어지럽힐 뿐이다. 그러니 좋은 지도자는 잘 듣고 문제가 어떻게 돌아가는지 분명하게 파악하고 난 후, 올바른 방향을 제시하여 걸림돌을 제거해 주어 현장 담당자들이 소신껏 일할 수 있게 하여 효과적인 해법을 찾을 수 있게 한다.

경청하는 이유다. 현장의 일은 현장에 있는 전문가만큼 잘 아는 사람은 없다. 현장에서 대안을 찾도록 말을 시켜야 현장 전문가는 소신껏 일할 수 있다. 어디에서든 지도자가 말이 많으면 부하인 현장 전문가는 들어야 한다. 어설픈 괴변을 들어야 하고, 지도자의 엉뚱한 말에도 반박하기 어렵다. 오히려 훌륭한 말씀, 훌륭한 대안이라고 맞장구치며 아부하는 사람들만 늘어난다. 이렇게 엉터리 정책이 하달되면 현장에서는 여기저기 뚫린 구멍을 메우느라 억지 방법을 찾기 위해 동분서주한다. 그 과정에서 효과적이거나, 창의적인 해법은 도외시 된다. 그저 주어진 숙제를 마치기에 급급해진다. 결국 성과는 고사하고 국민 세금만 탕진하고 문제는 해결되지 않는 일이 반복된다.

경청은 리더십의 모든 것이라 해도 과하지 않다. 유방은 경청의 리더십으로 이루어 낸 용인술로 천하를 얻었다. 유방은 황제가 되고 난 뒤 축하연에서 신하들에게 자신이 천하를 얻은 이유에 대해 다음과 같이 말했다. "계책을 세워 싸움에서 승리하는 데 있어 나는 '장량'만 못하고, 국가의 안녕을 도모하고 백성을 사랑하며 군대의 양식을 관리하는데 있어 나는 '소하'만 못하며, 100만 대군을 이끌고 나가 싸워 이기는 데 있어 나는 '한신'만 못하오. 이 세 사람은 100년에 한 번 만날 수 있는 영웅들이오. 나는 이들을 얻어 이들이 능력을 잘 발휘하도록 해준 것뿐이오."

유방에게 패한 항우는 귀족 출신이면서 산을 뽑고 세상을 덮을 만한 기상을 가진 영웅 중의 영웅으로 거의 모든 전투를 승리로 이끈 전쟁의 신이다. 게다가 대인배를 지향하는 성격으로 자존심도 매우 강했다. 본인 스스로가 체력, 지략, 무예, 병법에 능한 '넘사벽'의 인물이었다. 자연히 자기의 능력만 믿고 참모나 다른 신하의 말은 귀담아듣지 않았다. 독선적 리더십의 표본이었다. 권력을 가진 이후에는 초왕(의제)을 학살하는 하극상, 불공평한 논공행상, 진나라 투항군 20만 명 생매장, 진시황릉 훼손, 아방궁 파괴 등 포악하다 못해 잔인한 정치를 하다가 민심을 잃었다.

가난한 농부의 아들이었던 유방은 백수건달이었지만 비교적 도량이 넓고 친구를 끄는 힘이 있어 따르는 친구가 많았다. 항우의 독선적 리더십과 달리 참모나 신하들의 의견을 적극적으로 경청하고 수용하였다. 또 자기 능력의 한계를 알고 연합하고 협력하는 리더였다. 자주 패하고, 도주하지만 특유의 낙천적인 성격으로 극복한다. 피아(彼我)를 막론하고 인재는 등용하고, 민중을 포용하고, 공평한 논공행상(論功行賞)을 하며 관용을 보이는 용인술의 대가였다. 반면, 술과 여색을 좋아하는 한량이기도 하였지만 그것은 오히려 큰 문제가 되지 않았다.

이렇듯 유방과 항우의 리더십은 서로 정반대였다. 유방은 어떤 일을 할 때 부하들에게 '네' 생각은 어떠냐고 물었고, 항우는 부하들에게 '내' 생각이 어떠냐고 물었다. 유방은 부하들의 생각을 듣고 판단했고, 항우는 자기의 생각대로 일을 추진했다. 유방은 부하들의 집단지성을 활용했고, 항우는 독단했다. 유방은 경청을 통해 부하들의 능력을 자신의 힘으로 만들어 전투에서도 이기고 백성의 마음도 얻었다. 부하들에게 의견을 묻는 '너의 생각'과 동의를 구하는 '내 생각'이라는 질문의 방향 차이로 유방은 천하를 얻었고, 항우는 천하를 잃었다. 유방의 경청 리더십은 21세기 오늘, 대한민국에서도 여전히 유효하고, 강력하게 요구되는 리더십이다.

한비자는 군주를 3가지로 나누었다. 하급 군주는 자기의 능력을 다하고, 중급 군주는 다른 사람이 힘을 다하게 하고, 상급 군주는 다른 사람이 지혜를 다하게 한다. 성정으로 부하의 역량을 최대한으로 끌어올려 성과를 내는 자가 진정한 군주(리더)라는 얘기다. 경청의 결과는 4가지 유형의 지도자를 만든다(노자 17장). 경청하여 최상의 다스림을 하는 일류 지도자는 백성들이 그의 존재조차 느끼지 못하고, 이류 지도자는 백성들이 그와 친하고자 그를 칭송한다. 경청하지 않는 삼류 지도자는 백성들이 그를 두려워하고, 최악의 4류 지도자는 백성들이 경멸하고 멸시하며 비웃는다.

성군 세종은 취임 일성으로 "그대들의 의견부터 듣겠다"는 경청 리더십으로 시작했다. 경청(傾聽)에서 경(傾)은 머리를 상대방에게 기울인다는 뜻이고, 청(聽)은 왕처럼 큰 귀와 열 개의 눈으로 상대방과 하나 되는 마음이다. 즉, 경청이란 진심으로 상대방의 이야기에 귀 기울이는 것이다. 자신과 다른 의견을 많이 들을수록 명쾌해지고, 자신과 같은 의견만 들을수록 멍청해진다. 진리이다. 당신은 어떤 리더가 되고 싶은가?

이번 한 번만이라도,
하지 마세요

"이번 한 번만이라도, 하지 마세요. 마치 미국에 문제가 없는 척하지 마세요. 인종차별로부터 등 돌리지 마세요. 무고한 생명을 앗아가는 것을 받아들이지 마세요. 더 이상 어떤 핑계도 말아요. 이 일이 당신에게는 일어나지 않을 것이라 생각하지 마세요. 잠자코 쳐다보고 있지만 마세요. 당신이 변화의 일부가 되지 못한다고 생각하지 마세요. 모두가 변화의 일부가 되기를"

2020년 5월 25일. 미국 미네소타주 미니애폴리스에서 흑인 남성인 조지 플로이드(George Floyd)가 위조지폐 용의자로 체포되는 과정에서 백인 경찰의 과잉 진압으로 사망했다. 사인은 비무장·비저항 상태인 그를 백인 경찰이 8분가량 무릎으로 목을 눌러 현장에서 질식사한 것이다. 이 사건 영상이 SNS에 퍼지자, 시민들은 분노하여 거리로 뛰쳐나왔다. CNN 등에 따르면 사망사건으로 시작한 시위는 미국 전역 22개 주 30개 도시로 퍼졌다. 유독 흑인에게 과잉 대응하는 경찰의 인종차별적인 태도에 대한 비판의 목소리였다.

2020년 5월 29일(현지시간) 나이키의 공식 SNS 계정에 한 게시물이 올라왔다. "Once, Don't Do It" 이번만이라도, 하지 마라. 그동안 '그냥 하라(Just do it)'를 외치던 나이키가 이례적으로 '하지 말라(don't do it)'고 말한 것이다. 아무런 이미지 없이 검은 바탕에 흰색 글씨로만 이루어진 이 영상에 사람들은 깊이 공감했다. 나이키는 미국 내에 일상화되어 있는 인종차별을 남의 일이라 모른 척 지나가지 말고, 모두가 인종차별을 없애는 데 동참하자는 목소리를 낸 것이다. 엄청난 반향이 있었다. 경쟁사인 아디다스도 동참했다. 그 외 8개 브랜드는 조지 플로이드를 추모하는 의미를 담은 티셔츠를 제작했다.

정의와 공정에 기반하는 브랜드 액티비즘(brand activism)은, 브랜드가 양심이 있는 인격체로서 사회적 쟁점에 대해 먼저 능동적으로 목소리를 내는 것이다. 나이키는 브랜드 액티비즘을 행동으로 보였다. 요즘 소비자들은 소비할 때 '가치'를 중요하게 생각한다. 자신이 소비하는 제품이 환경에 도움이 되는지, 브랜드 철학이 자신의 가치관과 비슷한지 등을 따진다. 소비자는 기업의 말보다 행동을 믿는다. 그 행동에서 진정성을 보고 느낀다. 양두구육이나 미사여구로 메시지를 멋있게 치장하여 속이는 시대는 지나갔다. 진정성은 곧 행동이다. 꾸준함이다. 브랜드 액티비즘의 본질은 판매를 위한 마케팅이 아니다. 즉, 더 나은 것이 아니라, 옳음에 반응하여 행동하는 하나의 건강한 인격체로서의 브랜드 활동이다. 옳고 정당한 일을 해서 판매에 도움 되도록 하는 활동이다. 이런 브랜드 액티비즘은 최근 주목받는 공정성이라는 개념과 소비자들이 중요시하는 가치가 브랜드에 전략적으로 조화를 이룰 때 가능하고, 그 행동을 꾸준히 지속할 때 소비자도 브랜드의 진정성을 믿는다. 소비자는 이미 진짜인지 가짜인지 다 알고 있기 때문이다.

1960년대 초 사회학자 멜빈 러너(Melvin Lerner)는 '공정한 세상 가설(just-world hypothesis)'을 처음으로 연구했다. 연구 결과에 따르면 부당한 일을 많이 겪은 사람 즉 빈민, 소수 인종, 여성처럼 사회적 지위가 낮은 사람들은 세상이 정의롭다고 믿지 않는다. 반면에 사회적 특권을 가진 계층인 부자, 백인, 남성처럼 사회적 지위가 높은 사람들은 공정한 세상 가설을 상대적으로 더 믿는다. 뛰어난 외모나 매력 역시 또 다른 특권이어서 이런 사람들도 긍정적 경험을 많이 하게 되므로 공정한 세상 가설을 더 믿는다. 결국 편견에 찌든 엘리트들이 더 굳게 믿는다. 세상이 공정하다고 믿어버리면 어떤 문제에 대해 내 마음대로 해도 공정하다고 생각하게 되고, 편견으로 잘못된 미래도 마음껏 계획할 수 있다. 공정한 세상 가설의 위험성이다.

대학 10장에 혈구지도(絜矩之道)라는 말이 나온다. 천하를 화평하게 다스리기 위해 일하는 관리가 지켜야 할 내용이다. "위에서 싫어하는 것으로 아랫사람을 부리지 말고, 아래에서 싫어하는 것으로 윗사람을 섬기도록 하지 마라. 앞에서 싫어하는 것을 뒷사람의 앞에 놓지 말고, 뒤에서 싫어하는 것인데도 앞사람을 따르도록 하지 말아야 한다. 오른쪽에서 싫어하는 것으로 왼쪽과 사귀지 말고, 왼쪽에서 싫어하는 것으로 오른쪽과 사귀지 말 것이다." 논어(위령공 편)에서 공자가 말한 '내가 하고 싶지 않은 일을 남에게 시키지 말라'는 말과 상통한다. 내가 싫어하는 일은 다른 사람도 싫어하니, 남에게 떠넘기지 말고 내가 해야 한다. 내가 좋아하는 일은 다른 사람도 좋아하니, 내가 먼저 하려 하지 말고 남에게 양보해야 한다. 지금, 대한민국의 혈구지도는 지켜지고 있는가. 공정한 세상 가설에 찌들어 있는 것은 아닌가. 정말로 공정과 원칙은 작동하고 있는가? 에라이~~~

겸손은 '비옥한 흙'에서
유래하였다

겸손(humility)이라는 단어는 '비옥한 흙'을 의미하는 라틴어 후무스(humus)에서 유래하였다. 겸손은 자양분이 많은 토양처럼 무엇이든 자라나게 하는 근본이다. 겸손의 또 다른 특성은 다른 사람에 대한 진실한 존중심과 타인을 돕고자 하는 욕망이기도 하다. 따라서 겸손은 자신의 자유를 키우고 타인의 자유를 존중하여 옳은 일을 하기 위한 필수요소이다. 겸손은 아첨하지 않으면서도 다른 사람들을 지원하고, 다른 사람의 기분을 상하게 하지 않으면서 그들의 잘못을 바로잡게 하고, 생색내지 않으면서 남을 격려할 수 있게 하여 우호적 관계를 발전시킨다. 겸손은 관대함, 친절한 수긍 및 관용을 가져다준다. 겸손은 모두를 해낸다.

까치발로는 오래 서 있을 수 없으며, 보폭이 너무 크면 먼 곳까지 갈 수 없다. 자신의 의견만 내세우면 외골수가 되고, 잘난 척하면 오히려 드러나지 않는다. 자기 자랑만 하면 공을 인정받지 못하고, 자만하면 공이 오래가지 못한다. 자기주장, 자기 자랑, 자기 자만 하는 것들이 모두 조급함의 표현이다. 억지 부리는 것이다. 하수들의 행태다. 조급하게 처신하지 않는 사람은 겸손을 아는 사람이다. 그는 순리에 맞게 당연하게 일을 처리한다. 당연하게 처리하면 우선은 몰라줘도 얼마 안 있어 사람들이 알게 된다. 특히 내 생각이 좋은 아이디어라면 더욱 그렇고, 나의 공이 크다면 의외로 남들이 빨리 알아준다. 남들은 무관심한 것 같아도 당신의 요모조모를 살펴보고 있기 때문이다. 그러니 굳이 조급하게 나댈 필요가 없다.

조선조 세종 때 청백리와 명재상으로 유명하였던 맹사성(1360~1438)이 겸손을 평생의 좌우명으로 삼게 된 유명한 일화를 우리는 너무 잘 알고 있다. 26세 때 과거시험에 장원급제하여 군수 자리에 오른 맹사성은 자만심으로 가득 찬 철부지였다. 어느 날 고을에 유명한 스님이 있다는 말을 듣고 스님을 찾아가 고을을 다스리는 도(道)를 물었다. 스님은 "그건 간단합니다. 나쁜 일을 하지 않고 선행을 베풀면 됩니다."라고 말했다. 맹사성은 퉁명스럽게 "그건 삼척동자도 다 아는 이치인데, 내게 해줄 말이 고작 그게 전부요?"라고 거만하게 말하며 자리에서 일어나려 하자 스님이 어차피 오셨으니 차나 한잔하고 가라며 붙잡았다. 스님은 맹사성의 찻잔에 찻물이 넘치는

데도 계속 따르고 있었다. 맹사성이 "스님, 찻물이 흘러넘치고 있습니다." 스님은 계속 따른다. "찻물이 넘친다니까요!"라고 하자, 스님이 맹사성을 보고 "찻물이 넘쳐 방바닥을 적시는 것은 알면서, 어찌 지식이 넘쳐 인품을 망치는 것은 모르십니까?" 순간 얼굴이 화끈거리는 부끄러움에 황급히 일어나 방문으로 나가려고 하다가 그만 문틀에 머리를 세게 부딪치고 말았다. 스님은 웃으며 "매사에 고개를 숙이면 부딪치는 법이 없지요." 맹사성의 훌륭한 점은 자기의 잘못을 깨닫자 곧바로 자신의 마음을 고쳐먹었다는 것이다. 그야말로 군자혁변(君子革變)의 행동이었다.

중국에 <삼사충고>라는 책이 있다. <목민심서>와 비슷한 책이다. 원나라 정치가인 장양호(張養浩)가 그 책에서 바람직하지 않은 관리(지도자)에 대해 쓴 내용이 있다. 권세를 무기로 자기 욕심을 채우거나, 사리사욕을 밥 먹듯이 하거나, 술에 빠져 정신을 못 차리거나, 측근 편들기를 일삼거나, 향락을 즐기거나, 지위를 이용하여 사익을 탐하거나, 함부로 급하지도 않은 공사를 벌이거나, 자신의 직무를 게을리하거나, 일가친척의 비리를 모르는 체하는 자 등이다. 읽고 보니 너무 당연한 말이다. 겸손이 망가진 경우이다.

겸손은 모든 일에서 그 능력을 발휘한다. 어디서든 자신을 낮추면 화를 당하지 않는다. 자신을 지키고 싶으면 겸손해라. 힘이 약한 자는 당면한 위기를 벗어날 수 있어 유용하고, 힘 있는 강자는 자신이 뜻한 바를 이룰 수 있어 유용하다. 겸손하면 누구든 목적을 이룰 수 있다. 모든 일의 특효약이다. 그렇다면 겸손은 자신을 낮추기만 하는 것인가? 아니다. 겸손은 오히려 강력한 긍정이고 적극성이다. 겸손은 자신의 주장을 숨기는 음흉이 아니다. 겸손은 알면서도 모른 척하는 기만도 아니다. 자신의 주장을 분명하게 하면서도 상대방의 이야기를 받아들이고, 그것을 통해 새로운 무언가를 만들어 낼 수 있는 태도이다. 겸손의 결과는 더 많은 지식과 능력을 발전시켜 우리의 식견을 넓히도록 우리를 자극한다는 것이다. 우리가 더 많은 것을 배우고 더 정확한 정보를 얻을수록 우리는 더 정직하고, 믿을 수 있으며, 공정한 사람이 된다. 우리 '자신'을 위해 더 나은 결정을 내릴 수 있게 한다. 겸손은 우리를 더 자유롭게 만들어 주는 근본이다.

사람이 욕망에 사로잡히면

　사람이 욕망에 사로잡히면 옳은 일을 하기 위해 필요한 신중함과 용기가 무시된다. 자아수련(自我修練)은 고상한 성찰이 아니라 행동에 뿌리를 두고 있다. 자아수련을 통해 우리는 옳고 그름을 의지로 판단하기보다 그냥 무시로 옳은 쪽으로 행동할 수 있다. 눈앞에서 벌어지는 어떤 일에 대해 욕망에 사로잡혀 흔들릴 때라도, 해도 되는지, 안 되는지를 의식하지 않아도 구분해서 옳은 결정을 할 수 있도록 돕는다. 그래서 수없는 반복이 요구된다. 자아수련은 성찰을 끝낸 다음 그것을 우리 몸에 배게 하는 습관을 만드는 과정이다.

　나이 오십을 지천명(知天命)이라고 한다. 공자의 말로서 '하늘의 뜻을 알게 되는 나이'라는 말이다. 맞다. 보통 사람의 경우 대부분 나이 오십 정도가 되면 세상 돌아가는 이치를 깨닫는 계기를 맞게 된다. 어느 날 어떤 현상을 보고 불현듯 무릎을 치게 되는 경험을 하는 것이다. 갑자기 세상 이치가 일순간에 '아하!'하고 깨치게 되는 '깨달음'의 순간이다. 시쳇말로 도사가 되는 느낌을 받는 순간으로, "와~, 내가 이렇게 훌륭한 사람이었던가?" 스스로 감동하여 자신을 무한 신뢰하게 된다. 드디어 하느님이 나를 도사로 점지해 주셨구나! 아~ 감동스럽다. 그때부터 문제가 시작된다. 나는 깨달음의 화신이 된다. 진짜 도사로 착각하는 것이다. 세상 모든 일을 오로지 나의 잣대로 재단한다. 도사인 나는 옳고 무지렁이인 너희는 틀렸다는 확신을 온몸으로 실천한다. 그렇게 정의를 말하면서 정의를 망가뜨리고, 자유를 말하면서 자유를 무너뜨리고, 공정을 말하면서 불공정한 세상을 만든다. 확신에 찬 꼰대 정신이 활개 친 결과이다. 어느새 사람들은 슬금슬금 나를 피하게 된다. 정신을 차려보면 주위에 남아있는 사람이 없다. 그때 가서야 "이건, 뭐지? 나 왕따야?, 나 꼰대야?"

2022년 12월 대한민국 연령대별 인구 통계를 보면 지천명에 속하는 50대는 8,612,064명으로 전체 인구의 16.7%이다. 여기에 이미 지천명을 넘어선 60대 이상을 모두 합하면 22,097,391명으로 전체 인구의 42.8%이다. 지천명을 넘긴 도사들이 이렇게 많은데 세상은 왜 막무가내 일방통행인가? 지천명은 그저 허울 좋은 말뿐인가?

실상, 깨달음은 나에게만 특별히 오는 것이 아니다. 일정한 나이가 되면 누구에게나 깨달음이 온다. 그렇다면 깨달은 사람으로 쭈욱 살아가려면 어떻게 해야 할까? 훈련이 필요하다. 그때부터 깨달은 대로 살려고 반복하고 반복하는 훈련으로 몸에 배게 만들어야 한다. 깨달음이 습관이 되어 무시로 나의 행동으로 나타날 때라야 비로소 나는 하늘의 명을 아는 지천명에 맞게 사는 것이 된다. 그렇게 보면 지천명은 하늘의 뜻을 아는 것보다 실천하고자 노력하는 습관적인 행동이 핵심이다. 자아수련도 깨닫기 위해서가 아니라 행동하기 위해서 하는 것이 핵심이듯이.

무지(無知)는 사람이라면 배우지 않아도 알게 되는 어진 마음이 모자란 경우이고, 무식(無識)은 배우지 못해 아는 것이 없는 경우이다. 측은지심(惻隱之心)의 능력이 부실하면 무지이고, 시비지심(是非之心)의 능력이 부실하면 무식이다. 사람들은 대부분 설사 무식하더라도 무지한 사람은 별로 없다. 오히려 무식해도 어질고 지혜로운 사람들은 많다. 사람이니까. 무식한 것은 탓할 것이 없으나, 무지한 것은 인간이 가져야 할 기본이 안 된 것이니 불길하다. 그런데, 무식하면서 무지하기까지 하다면 최악의 사태가 발생한다. 만약 그런 자가 지도자가 되면 그 사회는 불행해진다. 필시 그는 자신의 알량한 앎을 남에게 강요하기만 하는 자일 테니까.

실제로 큰 권한이 주어진 자 중에 무지한 자들이 많다. 그래서 큰 권한이 주어진 자에게는 많은 제약이 요구된다. 큰 권한은 많은 기회가 있고, 많은 기회는 잘못된 결정을 내릴 가능성도 많고, 방종해지기도 쉽기 때문이다. 큰 권한의 자유는 위험한 자유이다. 위험한 자유가 안전한 자유가 되기 위해서는 촘촘한 내적 제약이 필요하다. 그래야 모두에게 평안한 자유가 된다. 많은 것을 가진 자일수록 '절제된 가치와 원칙'의 올바른 습관이 요구된다.

자아수련이란 자신을 통제하여 우리 자신에게 적합한 우선순위를 설정하고 상충 되는 욕망 사이에서 명료하고 공정한 선택을 위한 것이다. 자아수련과 신중함은 우리를 확고하게 해주어 어려운 상황에서도 끈기 있게 참을 수 있게 해준다. 자아수련이 이성과 결합하면 예의와 공손함을 낳는다. 심지어 누군가의 잘못을 말할 때도 상대방에게 예의와 공손함을 지켜주게 된다. 그렇지 않으면 겉은 비슷하나 속은 완전히 다른 사이비(似而非)가 된다.

농담은
분위기를 부드럽게 만든다

농담은 분위기를 부드럽게 만든다. 농담이란 실없이 가볍게 놀리거나 장난으로 하는 말이다. 농담은 좋은 것이다. 그러나 농담에는 기준이 있다. 농담하는 나도 즐겁고 농담을 듣는 상대방도 즐거워야 한다는 점이다. 나는 즐거워도 상대방이 즐겁지 않다면 그것은 농담이 아니다. 인신공격이다. 마찬가지로 나도 자유롭고 상대방도 자유로워야 하는 것이 자유이다. 정의도 나에게도 상대방에게도 옳은 것이어야 한다. 당연한 이 말들이 현실에서 지켜지는 경우는 별로 없다. 친구에게 빈정대면서도 친구가 화를 내면 '농담한 걸 가지고 좀스럽게 왜 그러냐?'고 핀잔을 주거나, 남의 자유를 침해하면서도 상대방이 불편하다고 하면 자신에게 주어진 권리를 행사하는 것이라고 우긴다. 다른 사람의 정의는 부정하면서 자신의 정의만 옳다고 외치는 외눈박이들의 목소리가 커진 지도 일상이 되었다. 그 외눈박이들은 사이코패스와 비슷하다. 사이코패스는 '인간에게 공감하지 못하는 인간'이다. 만약 인지상정을 잃어버린다면 함께 어울려 살아가는 인간도 사이코패스 같은 괴물이 될 수 있다.

사람은 자신이 보고 싶은 것만 보고, 듣고 싶은 것만 듣는다. 사람의 뇌는 자신에게 이익이 되는 것을 우선하여 선택하도록 디자인되어 있기 때문이다. 나쁘다 할 수 없다. 사람들이 자기의 이익만 탐한다고 해서 눈앞에서 벌어지는 사태가 옳은지 그른지, 아름다운지 추한지, 사실인지 거짓인지를 모르는 것은 아니다. 마음에 들지 않으면 그저 가타부타 말하지 않고 신경을 꺼버릴 뿐이다. 어쨌든 사람들은 선택적 주의(selective attention)의 달인이다. 선택적 주의 개념은 사회심리학의 칵테일파티 효과와 관련된 개념으로, 여러 사람의 목소리와 잡음이 뒤섞여 있는 상황에서도 나의 이야기나 내가 흥미를 갖는 이야기는 선택적으로 잘 들을 수 있는 현상이다.

사람들이 어떤 메시지를 보고 '도대체 무슨 일이 일어나고 있는 거야?'라며 주의를 기울이는 것은 나와 관계있는 것이다. 나와 관계있는 것이면 꼭 재미있는 것이 아니더라도 관심을 기울인다. 충격적이고, 엽기적인 어떤 것 등에도. 물론 나와 관계없다면 꽤 놀라운 사건도 강 건너 불구경하듯 무심하다. 공익을 위해 옳은 일을 한다고 주장하는 특권층도 마찬가지다. 겉으로는 공익을 위해 옳은 일을 하고 있다며 떠벌이지만, 자신들의 특권이나 이익의 문제에는 민감하여 진심을 다해 그릇된 행동을 한다.

학폭과 관련된 그릇된 특권층이 화제다. 학폭 드라마 '더 글로리'에서 자신이 특권층이라 생각하는 가해자(여진)는 동은에게 말한다. "네 인생이 나 때문에 지옥이라고? 네 인생은 이미 태어날 때부터 지옥이었잖아. 나한테 고마워해야지. 이 악물고 팔자 바꿀 동기 만들어 준 게 죄야? 왜 없는 것들은 인생에 권선징악, 인과응보만 있는 줄 알까?" 피해자 동은에게 공감하는 선배(여정)는 말한다. "피해자가 잃어버린 것 중에 되찾을 수 있는 게 몇 개나 된다고 생각하세요? 나의 영광과 명예, 오직 그뿐이죠. 그걸 찾아야만 비로소 원점이고, 그제야 동은 후배의 열아홉 살이 시작되는 거니까요. 저는 동은 후배의 그 원점을 응원하는 겁니다. 그 사람은 그저 지금보다 조금 덜 불행해지려는 것뿐이거든요."

성을 내기는 쉽고, 참고 넘기는 것도 어렵지 않다. 그러나 그것으로 문제는 해결되지 않는다. 낮은 목소리로 분노하기가 어렵다. 하지만 그 분노는 문제를 해결하는 시작이 된다. 싸늘하게 화를 내야 한다. 옳은 말을 하면 왕따가 되는 세상이지만 삶을 지탱하기 위해서라도 할 말은 해야 삶을 지탱할 수 있다. 보통 사람이 만만치 않음을 알려주어야 한다.

삶의 격을 높이는 것은 지위나 신분이 아니라 부지런히 실천하는 것이라고 다산은 말한다. 뭉툭한 것을 누를 수 있는 것도, 막힌 것을 트이게 하는 것도, 거친 것을 연마할 수 있는 것도 부지런함이라 하였다. 부지런함은 실천하는 것이다. 아무리 머리로 알고 이해하고 있어도, 실천하지 않는다면 어떤 지식도 지혜가 되지 못한다. '긍정'이라는 말은 눈앞의 사태를 막연히 희망적으로 보는 것이 아니라, 현재의 상태, 현재의 문제를 정확하게 인지하고 장애물을 치워나가는 실천이다. 때문에, 좋은 결과를 얻는다. 자유롭게 되는 것은 '하고 싶은 일을 하는' 것이기도 하지만 '옳은 일을 하는' 가장 좋은 일이기도 하고, '하기 싫은 일을 하지 않을' 힘을 갖는 것이다. 자유라는 능력은 실천이 없다면 가질 수 없다.

인간의 본성은
이기성에서 출발한다

인간의 본성은 이기성에서 출발한다. 이기성 속에는 이기(利己)와 이타(利他)가 있다. 리처드 도킨스의 <이기적 유전자>에서 말하는 '이기적'이라는 말은 다른 사람의 자원을 사용해서 자기복제를 늘리는 행위이고, 반대로 '이타적'이라는 말은 나의 자원을 사용해서 다른 이의 자기복제를 늘려주는 행위라고 말한다. 흡혈박쥐는 자신이 애써 얻어 온 피를 배고픈 동료 박쥐에게 나누어주는 본성을 가졌고, 포유류는 자식을 위해 자신을 희생하는 모성애를 가졌다. 자신을 희생하는 이타적인 행위도 유전자 차원에서 보면 자신의 생존을 위한 이기적인 행동이다. 남을 위한 것이 아니다. 결국 이타성도 이기성의 다른 모습일 뿐이다. 인간은 생존을 위해 집단을 이루고 협동한다. 당장 이익이 되지 않더라도 공정성을 추구하고, 공감하고 소통하려는 헌신적인 노력도 결국은 자신의 생존을 위한 것이다. 이기성과 이타성은 옳고 그름, 좋고 싫음으로 마구 재단할 수 없는 문제다.

열자(列子) 설부편(說符篇)에 '제인확금(齊人攫金)'이라는 이야기가 있다. 옛날 제나라의 어떤 사람이 자나 깨나 금만 생각하고 있었다. 하루는 무슨 생각이 들었는지 아침 일찍 일어나 옷을 챙겨 입고는 시장으로 달려가 금을 파는 가게로 곧장 들어가더니 금덩어리 하나를 집어 들고 돌아서서 냅다 튀었다. 포졸이 그를 붙잡아 꾸짖으며 물었다. "그렇게 사람 많은 데서 어떻게 감히 남의 금을 훔친단 말이냐?" 그 사람은 다음과 같이 대답했다. "내가 금을 집어 들었을 때는 금만 보였고 사람은 하나도 눈에 들어오지 않았소." 잇속에 눈이 뒤집힌 인간은 오로지 눈앞에 재물만 보일 뿐 다른 것은 눈에 들어오지 않는다는 이야기다. 즉 사슴을 쫓는 자는 산을 보지 못하고, 사마귀가 매미를 노려 엿보기만 하다가 참새 밥이 되어 목숨까지 잃기도 한다. 자신의 잇속에 눈이 먼 이런 행위들은 매일 일어나고 있다. 그런데 꽤 통한다.

긍정심리학자 칙센트미하이(Csikszentmihalyi)는 그의 책 <몰입의 즐거움>에서 머릿속의 생각과 목표, 행동 등이 자연스럽게 하나로 통일되는 상태가 몰입이라고 말한다. 몰입은 자의식을 느끼지 못할 만큼 어떤 일에 무아지경의 상태를 유지하여 자신의 역량을 100% 발휘할 수 있게 해준다. 만약 역량이 뛰어난 사람이 자신의 역량에 걸맞은 도전적인 과제에 몰입하게 되면, 평소 자기 능력의 110%, 120% 이상의 성과를 올린다. 몰입 전문가 황농문 교수는 '몰입은 순간이 아니라 오랫동안 지속하는 것이 중요하다'고 주장한다. 몰입을 위해 필요한 것은 목표와 도전이며, 그 도전에 내가 헌신하는 것이 몰입의 과정이라고 말한다. 몰입을 위한 조건으로 ① 절실한 문제를 설정한다. ② 몰입할 수 있는 연속된 시간과 조용한 공간을 확보한다. ③ 몰입이 왜 필요한지 이유(동기)를 알고 행동을 바꿔야 한다. 책을 볼 때, 책을 보는 뚜렷한 이유가 없고, 책을 보려는 행위도 애매하다면 몰입은 어렵다. 일이든 공부든 무엇이든, 명확한 목표와 범위 그리고 기간이 있는 경우여야 몰입이 더 잘된다. 칙센트미하이는 몰입이 삶이 질을 결정하고, 몰입을 통해 행복해질 수 있고, 몰입에 의한 행복은 인간의 성숙한 정도를 보여준다고 주장했다. 몰입의 긍정적 측면이다.

헌신한다는 것은 진심을 다하는 것이다. 단순히 목표를 세우거나 약속하는 것 이상을 의미한다. 헌신이란 자신이 한 약속을 지키기 위해서 자신의 '열정과 정열'을 최선을 다해 노력한다는 것을 의미한다. 자신의 모든 에너지를 모두 쏟아붓겠다는 결의와 다짐이다. 여기서 진심이란 자신을 위해, 또 다른 사람을 위해 옳은 일을 실현하겠다는 약속을 지키는 것이다. 옳은 일에 진심을 다하면 시간이 갈

수록 더 자주적이 되고, 더 큰 자유를 누리게 되고, 타인에게도 끊임없이 용기를 주게 된다는 좋은 점이 있다.

세상을 위해 진심을 다해 헌신하겠다고 말하면 웃음거리가 되는 현실이다. 도처에 자신의 사리사욕을 위해 지극정성으로 진심인 나쁜 무리들이 세상을 호령한 지도 이미 오래다. 나쁜 놈들은 성실하고 집요하다. 사기꾼은 상대방이 무엇을 두려워하는지, 무엇을 욕망하는지 두 가지를 기막히게 파악한다. 상대방이 두려워하는 것을 도와주는 척하면서 신뢰를 얻고, 욕망하는 것을 주겠다고 하여 눈을 뒤집어 놓은 다음 모든 것을 빼앗는다. 오늘날 대한민국의 기득권층이 하는 행동과 딱 맞아떨어진다. 나는 어떨까?

1961년 예루살렘에서의
공개재판에서

    1961년 예루살렘에서의 공개재판에서 유태인 대학살의 전범 '아이희만'은 자신은 죄가 없다고 일관했다. 자신은 그저 상관이 지시한 일들을 성실히 수행했을 뿐이었다는 것이다. 그의 말대로라면 그는 우리 주변에서 흔히 만날 수 있는 지극히 평범하고 성실한 사람이었다. '한나 아렌트'는 평범한 그가 어떻게 '홀로코스트 대학살'을 저질렀을까 생각하다가 '악의 평범성'을 떠올렸다. 악의 평범성은 악한 의도가 없는 평범한 사람들이 생각 없이 하는 평범한 일들이 악이 될 수 있다는 개념이다. 역사 속 악행은 광신자나 반사회성 인격 장애자가 아니라, 오히려 국가에 순응하는 평범한 사람들의 '예스맨'들의 무비판적 사고와 행동의 결과로 행해져 왔다는 것이다. 어쩌면 악은 '생각하지 않는 것' 자체일 수도 있다.

남해의 신은 '숙(儵)'이고, 북해의 신은 '홀(忽)'이고, 중앙의 신은 '혼돈(混沌)'이다. 숙과 홀은 수시로 혼돈의 땅에서 만나 어울려 놀았다. 혼돈은 그들을 정성껏 대접했다. 숙과 홀은 혼돈의 호의에 보답할 방법을 의논했다. 사람들은 모두 일곱 개의 구멍으로 '보고, 듣고, 먹고, 숨'쉬며 행복하게 사는데, 혼돈에게는 그럴 구멍이 없으니, 사람들처럼 7개의 구멍을 뚫어주기로 하였다. 그들은 하루에 하나씩 구멍을 뚫어주었는데 일곱 번째 되는 날 혼돈은 죽고 말았다(장자, 응제왕).

바닷새 이야기도 있다. 옛날 바닷새가 노나라 교외에 날아와 앉자, 노나라 왕은 이를 맞아 종묘에서 잔치를 열고 환영했다. 궁중음악을 연주케 하여 즐겁게 해주고, 진수성찬으로 대접했다. 그러나 새는 눈이 어찔어찔하고 근심과 슬픔에 잠겨, 고깃점 하나 먹으려 하지 않고, 술 한 잔도 끝내 마시지 못하다가 3일 만에 죽었다(장자, 지락).

혼돈이나 바닷새의 죽음은 생각 없는 호의 때문에 생겨난 비극이다. 그들은 모두 선한 마음으로 상대방을 위한답시고 호의를 베풀었지만, 상대방이 아닌 자신의 좁은 생각만 좇아 행동하였기 때문에 나쁜 결과를 초래했다. 상대방에 대해 제대로 알지 못하면, 상대에게 무엇이 필요한지, 상대가 무엇을 원하는지 알 수 없다. 때문에, 아무리 옳고 정의로운 착한 일이라 하더라도 상대에게 독이 될 수 있음을 보여준다. 선한 마음을 가진 왕들도 무지로 혼돈과 바닷새를 죽였는데, 호의를 가장하여 자신들의 이익만 좇는 못된 놈들이라면 어떤 일이 벌어질까? 생각만 해도 끔찍하다. 그런데 이런 일은 대한민국에서 매일매일 일어나고 있다. 더군다나 그런 못된 놈들이 더 당당하고, 더 큰소리친다.

혼돈과 바닷새는 국민이다. 국민에게 지도자가 대할 태도는 분명하다. 지도자는 공자께서 말씀하신, '내가 좋아하는 일을 남에게 하라'거나, '내가 하고 싶지 않은 일을 남에게 시키지 마라'는 좋은 말조차도 하지 않아야 한다. 장자는 '내가 좋아하는 일도 상대방에게 강요하지 말라'고 하면서, 오히려 조삼모사(朝三暮四) 하는 생각이 필요하다고 말한다. 저공(원숭이를 조련하는 사람)이 원숭이들에게 도토리를 주면서, "아침에 셋, 저녁에 넷을 주겠다"고 했다. 원숭이들이 모두 화를 냈다. 그러자 저공은 "그러면 아침에 넷, 저녁에 셋을 주겠다"고 했다. 원숭이들이 모두 기뻐했다. 명목이나 실질에 아무런 차이가 없는데도 원숭이들은 화를 내다가 기뻐했다(장자, 제물론). 같은 말이라도 나의 의지만 듬뿍 담은 일방적인 주장보다는, 저공처럼 어떻게 해서든 국민이 만족하도록 생각하는 것이 지도자의 행동이어야 한다.

아무리 지도자라도 완전하지 않다. 옳을 수도 있고 그를 수도 있다. 불완전한 자기의 생각과 의지를 국민을 위한답시고 굳~이 가열 차게 몰아붙이면 생각을 놓친다. 생각하지 않으면 곧 '무식·무능·무모'해져 국민을 위험에 빠트린다. 좋은 지도자라면, 원숭이를 기르는 사람처럼 '조삼모사'를 '조사모삼'으로 바꿀 줄 알아야 한다. 당신 생각에 아무리 국민이 생각 없어 보여도 대한민국 국민은 언제나 옳았다. 아는가? 요즘 마케팅의 핵심이 소비자가 무엇을 원하고 필요로 하는지 제대로 아는 것이다. 소비자는 마음에 들지 않아도 불평하지 않는다. 그냥 등을 돌릴 뿐이다. 국민이 소비자다. 갑(甲)이다.

대한민국 수능일은
언제나 춥다

대한민국 수능일은 언제나 춥다. 수능일이 지나면 어떤 엄마는 일을 잃고 실업자(?) 신세가 된다. 이제 엄마들은 무엇으로 삶의 의미와 재미를 찾을 수 있을까? 한국의 입시제도는 어쩌면 부모들이 대놓고 자식을 강제할 수 있는 꿀(?)같은 시간일지도 모른다. 물론, 명분은 있다. 자식을 사랑한다는 명분, 자식의 미래 행복을 위한다는 명분이다. 그것으로 정말 열심히도 자식들을 괴롭혔다.

수시니, 정시니 말이 많다. 이해관계가 얽혀있기 때문이다. 어느 것도 완벽하지 않다. 다만 최선을 찾아갈 뿐이다. 그러므로 교육 문제는 이해관계가 아닌, 사람에 대한 철학이 필요한 일이고, 백 년을 바라보아야 하는 일이다. 교육은 중요하다. 꿀을 나 혼자만 빨아먹는 사람이 아니라 남과 꿀을 나누어 먹을 줄 아는 사람, 나도 옳고 상대방도 옳을 수 있다고 배려할 줄 아는 사람을 키우는 것이 교육이다.

헌신할 줄 아는 사람으로 키우는 것이다.

그런데 국가도, 부모도, 선생님도 남의 것까지 사정없이 빼앗아 먹을 수 있도록 키우려고 안달이다. 학생들은 그렇게 되려고 학교에 간다. 열심히 배운다. 이미 이런 현상은 대한민국 전체에 일상화되어 있다. 일상화되어 있으니 우리는 무엇이 얼마나 어떻게 잘못되었는지 알지 못한다. 알려고도 하지 않는다. 오로지 내 자식에게 유리한 것에만 모든 촉각이 곤두서 있는 것을 부정할 수 없다. 이런 우리 참 불쌍하다. 내가 너무 오버한 건가? 그렇다면 다행이다. 내 생각이 틀렸으니까. 나는 진심으로 틀렸기를 기대한다.

모 방송국에서 방영하고 있는 <뭉쳐야 찬다>라는 예능을 보면 각종 스포츠 스타들이 나와 축구를 한다. '어쩌다 FC'팀이다. 농구의 신, 씨름의 신, 체조의 신, 야구의 신…. 모두 운동의 천재들이지만 축구하는 것을 보면 허무할 정도로 못한다. 허접하다. 못해서 즐겁고 재미있다. 예능의 묘미다. 재미있다.[1] 그런데, 만약 이 예능을 교육의 시각에서 보면 어떨까? 좀 심각하지 않을까? 축구라는 하나의 잣대로 각각의 스포츠 스타들의 능력을 평가한다면 말이다. 각자의 전문 분야에서는 최고지만 축구라는 하나의 잣대를 들이대면 어디서나

1 　5년 이상의 시간이 지나면서 지금은 '어쩌다FC'(2019)가 아니라 '어쩌다벤즈스'(2024)로 활약하는 지금의 멤버들은 전문 선수 뺨치게 축구를 잘하고 있다. 역시 운동의 신들이 모여 있는 팀답게.

만날 수 있는 평범한 사람이 되어버린다. 현재 대한민국 교육의 기준은 성적이다. 우리 아이들이 각자의 재능은 무시당하고 오로지 성적으로 평가되는 오늘의 교육은 옳은 것일까? 그 하나의 기준이 아이들을 병들게 한다.

유튜브에서 '인생은 마라톤이 아니다'를 검색하면 일본 리크루트 회사의 광고가 나온다. 친절하게 한글 자막도 있다. 반드시 한 번 시청해 보길 추천한다. 거기서 '인생'을 '교육'으로 바꾸어 보면 부모로서, 학생으로서, 교육자로서 나름의 반성을 하게 하는 2분짜리 광고다.

그 내용을 간추려 보면 다음과 같다. 시간은 한 방향으로 흐른다. 되돌아갈 수 없다. 모두와 경쟁하면서 하나의 목표, 하나의 미래를 향해 달린다. 근데, 그 코스는 누가 정했나? 누가 정한 결승점인가? 세계는 넓고 할 일은 많다. 자신의 길을 달리는 거다. 고민하고, 또 고민하면서. 실패해도 좋다. 옆길로 새도 좋다. 누군가와 비교하지 않아도 된다. 길은 인간의 수만큼 있다. 자신의 길을 가는 인생은 모두 위대하다. 인생은 마라톤이 아니기 때문이다.

그렇다. 기준은 없다. 각자가 기준이다. 비교하는 것 자체가 잘못이다. 마찬가지로 세상의 기준 또한 마찬가지다. 세상의 기준은 한 가지가 아니다.

기호학자, 미학자, 역사학자, 소설가이기도 한 움베르토 에코의 수필집 <세상의 바보들에게 웃으면서 화내는 방법>에 '어떻게 지내십니까?'라는 질문에 대답하는 방법으로 무려 170여 가지의 대답이 있다. 그중 몇 가지만 살펴보자. 한바탕 곤두박질을 치고 난 기분입니다(이카루스). 만사가 직각처럼 반듯합니다(피타고라스). 모르겠소(소크라테스). 이상적으로 지냅니다(플라톤). 천국에 온 기분입니다(단테). 언제 말입니까?(노스트라다무스). 잘 지냅니다. 나는 그렇게 생각합니다(데카르트). 잘 돌아갑니다(갈릴레이). 계절에 따라 다르지요(비발디). 비판적인 질문이군요(칸트). 모든 쾌락이 다 나를 위한 것이지요(카사노바). 사람은 적응하게 마련이지요(다윈). 피 봤습니다(드라큐라). 당신은요?(프로이트). 맞춰 보세요(애거서 크리스티). 상대적으로 잘 지냅니다(아인슈타인).

'어떻게 지내십니까?'라는 간단한 질문에도 수많은 대답이 나올 수 있다. 하물며 교육이라는 문제라면 얼마나 많은 해법이 나올 수 있겠는가? 지금 우리가 아는 것은 미래엔 거의 쓸모가 없어지고, 지금 아이들이 배우는 과목도 미래엔 필요 없는 지식이 될 것이라고 말한다. 지금 세상의 문법을 아이들보다도 모르면서 아이의 행복을 위해 미래엔 쓸모없을 교육을 종용한다는 것이 부모로서 해도 되는 일일까?

어쩌면 진정으로 아이들을 교육하고자 하는 이유는 아이를 위해서가 아니라, 부모가 편하기 위해서일지도 모른다. 아이들이 배워서 말을 잘 들으면 부모가 편하다. 그런 면에서 대한민국 부모 참 못됐다. 자식을 송두리째 망가뜨리면서 사랑이라 하고, 자식의 오늘을 불행으로 만들면서 자식의 미래 행복 때문이라고 말하는 부모, 진짜일까? 난 거짓말 같은데…

명분에 관한 이야기가
<논어, 자로> 편에 있다

명분에 관한 이야기가 <논어, 자로> 편에 있다. 제자 '자로'가 공자에게 물었다. "선생님께 정치를 맡기면, 무엇을 먼저 하시겠습니까?" 공자가 답했다. "반드시 명분을 바로 잡아야겠다." 자로가 말했다. "명분을 바로 잡는다니요, 현실과 너무 동떨어진 생각 아닌가요?" 하니, 공자가 자로를 나무라면서 다음과 같이 말했다. "명분이 바로 서지 않으면 말이 안 되고, 말이 안 되면 일을 제대로 할 수 없다. 일을 제대로 할 수 없으면 질서가 잡히지 않고, 질서가 잡히지 않으면 상벌의 두서가 없어지고, 상벌이 들쭉날쭉하면 백성들은 손발을 둘 데가 없으니 살아갈 수가 없다. 그러니 지도자가 하는 일은 무슨 일이든 명분에 들어맞아야 하고, 말했으면 반드시 실행해야 한다. 지도자는 자기의 말에 대하여 거리끼는 바가 없어야 한다." 명분이 잘못되면 개판이 된다. 옳은 명분을 가져야 하고 그 명분이 분명해야 하는 이유다. 명분은 정치의 뿌리다.

문제가 되는 것은 언제나 '잘못된' 명분이다. 잘못된 명분에 '진정성'까지 더해지면 필연적으로 개싸움을 불러온다. 개싸움은, 나만 옳고 상대방은 틀렸다고 주장할 때 발생한다. 나에게는 너그럽고 상대방에게는 엄격한 잣대를 들이댈 때 불이 붙는다. 상대방의 말을 무조건 듣지 않을 때 불이 번지고, 거짓을 진실이라고 우기며 호도할 때 활활 타올라 절정에 이른다. 요즘 대한민국 정치판이 딱 개판이다. 개싸움은 옳지 못한 방법으로 욕심을 채우려는 추잡한 싸움이다.

모든 개싸움의 밑바닥에는 확증편향이 있다. 확증편향에 빠지면 상대가 아무리 옳은 이야기를 해도 듣지 않고, 듣지도 못한다. 확증편향은 편향된 지식만 계속 업데이트 하고, 그 양이 늘어나면 늘어날수록 그 정도는 심해진다. 급기야는 해괴한 발언을 하면서도 오히려 정의를 지키고 진실의 수호자처럼 행동하게 된다. 옳고 그름의 판단자체가 불가능해진다. 결국 잘못된 진정성이 구축한 확증편향이 개싸움의 가장 큰 원인이다.

개싸움을 피하는 방법이 있다. 누구나 아는 간단한 방법이다. 상대방의 말을 '그냥' 들어주면 된다. 들어주는 것만으로 상대방이 어떤 생각을 하고 있는지, 무엇을 원하는지를 알 수 있다. 들어준다는 것은 인정해 주는 것이니 상대방을 기분 좋게 만들어 호감을 얻을 수 있다. 호감을 얻게 되면 마음이 열린다. 그때 내가 하고 싶은 말을 꺼내면 된다. 대부분 먼저 들어주는 경청은 시간이 필요하므로 문제 해결이 늦어진다고 생각하지만, 사실은 문제 해결의 가장 빠른 방법이다. 알고 보면 경청은 가장 강한 자기주장일 수 있으며, 내 주장을 관철하는 최선의 해결책이다.

내 주장부터 먼저 던져놓고 시작하는 소통은 적당히 싸우는 척하다가 흐지부지 끝내겠다는 심리가 깔려 있다. 우리나라 정치판에서 가장 많이 강조되는 말인 협치가 '짜고 치는 고스톱'이 되는 이유이기도 하다. 카메라 앞에서 싸우는 척 연기하다가 카메라가 없어지면 싸움이 끝나기 때문에 어쩌다가 나온 괜찮은 명분도 방귀 새듯 새어버려 고약한 냄새만 남는다. 우리나라 정치판의 모습이다. 일을 할 의지가 있다면 우선 상대의 말부터 잘 들어야 한다. 옳은 명분을 세우는 것도 중요하지만, 상대방의 말을 잘 듣는 경청이 더 중요한 이유이다.

다시, 처음으로 돌아가 보자. 명분을 바로 세운 다음엔 '어떻게' 해야 정치를 잘할 수 있느냐는 제경공의 질문에 공자는 "임금은 임금답고 신하는 신하다우며 아비는 아비답고 자식은 자식다워야 한다"고 말했다(君君臣臣父父子子, 논어. 안연). 이와 비슷한 말을 괴테도 했다. "각자가 자기 집 앞을 치워라. 그러면 온 세상이 깨끗해진다. 각자가 자기 할 일을 다 하면 사회가 할 일이 없어진다. 자기의 책임을 남에게 떠넘기려는 사람이 없는 사회가 바로 살기 좋은 사회이다."

결국 자신의 위치에서 해야 할 일을 잘하면 저절로 좋은 세상이 된다는 말이다. 맨날 남 탓하고 비난만 하는 것이 좋은 정치가 아니다.

오늘을 살아가는 보통 사람들은 특별히 명분을 의식하지 않고도 잘 산다. 다들 자신이 마주한 문제를 자신의 '희·노·애·락'의 방식대로 풀면서 살아간다. 그런대로 별문제 없이 산다. 이미 삶 속에 명분이 녹아있기 때문이다. 정치가 그런 사람들 그만 괴롭히면 좋겠다. 선거철이 되면 언제나 개싸움이 벌어진다. 그럼에도 개싸움을 피하는 선거를 기대한다. 반목에 방점을 두면 개싸움이 되겠지만, 경청에 방점을 두면 희망을 기대할 수 있을 것이다. 지금, 내가 개꿈을 꾸고 있는 건가?

팬덤의 시대다

팬덤(fandom)의 시대다. 팬덤의 핵심은 ① '무엇을' 하는지 구체적인 행동으로 보여준다. ② '어떻게' 하는지 절차와 과정을 투명하게 보여준다. ③ '왜' 하는지 어떤 의미를 위한 것인지 이유를 분명하게 알게 해주는 3가지 과정을 통해 일어난다. 투명함으로 진정성을 느끼게 하는 것이 핵심이다. 알게 하는 것과 알려주는 것은 다르다. 알게 하는 것은 팬(수신자)이 주체가 되어 판단하도록 하는 소통 방법이다. 알게 하는 것이 담백하고 투명하게 공개하는 것이라면, 알려주는 것은 의도와 목적을 가지고 상대방을 설득하려는 계산이 깔려 있다. 발신자가 주체가 되는 소통 방법이다. 어쨌든 팬덤은 팬들의 선한 열정이 만드는 열광이다.

K팝을 넘어 글로벌 스타가 된 방탄소년단이 성공할 수 있었던 것도 선한 영향력으로 세계를 바꾸고 있는 글로벌 팬덤 '아미(ARMY)'와의 투명한 소통이 한몫했다. BTS는 연습생 시절부터 글로벌 스타가

된 지금까지의 모든 성장 과정을 아미와 공유하고 그들의 일상을 투명하게 중계하고 있다. 그들은 사회의 이슈(문제)에 대해 노래로 의견을 제시하며 팬들과 소통하여 진정성 있는 참여를 공유한다. 꾸미거나 조작하지 않는 방탄소년단의 투명한 모습을 보고 팬들은 그들의 진짜 모습, 진정성에 공감한 것이다. 방탄소년단의 성장과 성공은 그대로 팬덤 '아미'의 성장과 성공을 함께 하고 있다.

요즘 팬들은 더 이상 누군가에게 설득당하지 않는다. 아무리 착한척하고 예쁜척해도 속아 넘어가지 않는다. 그들은 말이 아니라 행동을 보고 느끼고 공감한다. 공감하면 한없는 신뢰를 보낸다. 설득의 주체가 발신자라면 공감의 주체는 수신자이다. 즉 팬이다. 설득이 수동적이라면 공감은 능동적이다. 지금 대한민국 사람들은 오천 년 역사 이래 가장 똑똑하고 민도가 높은 국민이다. 그들을 눈 가리고 아웅 하듯 속이려 했다간 큰코다친다.

최인호의 소설 '상도'에 석숭 스님이 거상 임상옥에게 내려준 세 가지 비결이 있다. 첫째, 죽을 각오를 해야만 위기를 물리칠 수 있다는 '죽을 사(死)'다. 그는 중국 상인들의 담합으로 위기에 처했을 때 자기의 인삼을 불태워 위기를 넘겼다. 둘째, '명예·권력·재물'은 솥의 세 발처럼 균형을 이루어야 한다는 '솥 정(鼎)'이다. 그는 홍경래가 난을 일으키면서 동참하자고 했을 때 솥의 가르침에 따라 권력을 포기했기에 목숨을 부지했다. 솥의 교훈은 앞의 세 가지 욕심을 다 가지려고 하면 솥이 쏟아져 버린다는 것이다. 셋째, '계영배(戒盈盃)'라는 술잔이다. 계영배는 8할 이상 술을 따르면 술이 없어지는 잔이다. 그는 '가득 참'을 경계하라는 교훈을 따라 정상의 시기에 물러나 가객으로 여생을 보냈다. 상인 임상옥의 거래는 사람의 신용으로 이룩한 상도였기에 200년이 지난 지금도 회자되고 있다. 이 또한 팬덤이다.

2021년 온 국민의 공분을 샀던 LH 직원들의 투기사태는 공무원들의 비도덕 때문에 일어났다. 철저하게 상도에 어긋났다. 공무원은 국민을 위해 일하는 소명을 부여받은 사람이다. 하지만 그들은 자신들이 하는 일이 얼마나 신성한 일인지 잊어버린 것 같다. 제 몫을 다해 국민의 안전과 행복을 위해 일하라는 소명을 저버리고 제 몫만 챙겼으니, 선을 넘어도 한참 넘었다. 국민의 마음에 상처를 남겼다. 옳지 않은 방법으로 제 몫만 챙긴 공무원은 개처럼 벌어서 정승처럼 쓰려고 그랬다고 볼멘소리할지도 모른다. 거짓이다. 또, 틀렸다. 어떤 경우든 개처럼 벌면 개처럼 쓰게 되어 있다. 정승처럼 쓰고 싶다면 애초에 정승처럼 벌어야 한다. 오히려 정승처럼 벌더라도 개처럼 쓰게 되는 경우가 더 많다. 정승 같은 초심도 눈앞의 돈이라는 요물 앞에서는 언제라도 눈이 뒤집힐 수 있는 법이니까.

거래의 기본과 핵심은 '상대방을 이롭게 해서 내가 이득을 얻는 것'이다. 공직자의 일도 마찬가지다. 공무원의 일은 국민과의 거래다. 대소규모를 떠나 그 어떤 거래든 상대를 이롭게 해야 한다. 그것이 상도이다. 하지만 국민과의 거래에서 이것이 지켜지는 경우는 별로 없다. LH 투기사태를 보면 더욱 확실해진다. 오히려 자신의 자리를 이용하여 제 몫을 챙기는 것이 능력이라고 생각하는 정신 나간 공무원들이 많아졌다. 부도덕과 비양심이 일상화 되어버리고 말았다. 그들이 소명을 갖고 일하는 반듯한 공무원들을 욕 먹이고 있다. 추상같은 공권력은 이런 상황에 발휘되어야 한다.

인도의 간디(Mahatma Gandhi)는 나라가 망해갈 때의 징조에 대해 말했다. ① 원칙 없는 정치 ② 희생 없는 종교 ③ 인간성을 잃은 과학 ④ 양심을 잃은 쾌락 ⑤ 도덕이 없는 경제가 그것이다. 간디의 이 말을 모르는 사람은 별로 없을 것이다. 정치인, 종교인, 과학자, 시민, 기업가, 공무원 누구든 각자의 자리에서 제몫을 다해야 하고, 기본 또한 지켜야 한다. 이것이 무너질 때 나라는 조금씩 스러져간다는 경계의 말이다.

디지털 시대의 원주민은 청년이고

디지털 시대의 원주민은 청년이고, 이주민은 기성세대다. 청년은 주류이고, 기성세대는 비주류다. 2021년 청년이 제1야당 대표가 됐다. 바야흐로 청년이 정치의 주인공이 되었다. 그래서 그런지 기성세대들은 어딜 가나 답답한 '꼰대'라고 무시당한 지 꽤 오래됐다. 청년들은 대부분 자기보다 나이가 많거나, 상관이거나, 누구든지, 툭 하면 꼰대라고 부른다. 뭐, 특별한 근거나 의미가 있어서 그러는 게 아니다. 나쁜 마음이 있어서도 아니다. 그냥 습관이다.

나는 상대방을 무시해도 되고, 상대방은 나를 무시하면 안 된다는 법은 없다. "너나 잘하세요." 영화 '친절한 금자씨(2005)'에서 이금자(이영애)가 목사에게 던진 말로 유명해진 이 말은 누구든 상대의 위선과 오지랖을 잠재울 때 내뱉는 일침이 됐다. 무시당하던 꼰대들도 청년들을 향해 목소리를 내기 시작했다. 60대 꼰대들은 화답한다. 내가 꼰대로 살건 어떻게 살건 내 인생이고 내 문제이니 내가 알아서

할 테니 오지랖 떨지 마!

대한민국 대표 꼰대 세대는 60대 베이비부머들이다. 그들의 빈곤율은 세계 최고 수준이다. 한국경제연구소에 따르면 2018년 기준 한국의 노인빈곤율(43.4%)은 OECD 국가 중 가장 높았다. 이는 OECD 평균 노인빈곤율(14.8%)의 3배 수준이다. G5 국가인 미국(23.1%), 일본(19.6%), 영국(14.9%), 독일(10.2%), 프랑스(4.1%)와 비교해 압도적으로 높다. 또한 한국은 고령화 속도도 세계 1위다(4.4%). 우리나라 노인들은 당장 오늘을 살아가기도 버겁다. 미래 또한 캄캄하다. 그런 노인들의 밥줄을 청년세대를 위해 내놓으라는 것이 가능한 일일까?

하긴, 지금의 60대 꼰대들이 태어났을 때는 굶는 것이 일상이긴 했다. 국민소득(GNI)이 1955년 65달러, 61년 93달러, 1977년 1,000달러, 1994년 10,000달러, 2006년 20,000달러, 2018년에 30,000달러를 넘어섰다. 65달러에서 겨우 1,000달러가 되는데 20년 이상이 걸렸다. 1,000달러에서 10,000달러가 되는데 20년이 걸리지 않았다. 이후 10여 년마다 20,000달러, 30,000달러가 되었다. 아무것도 없었던 그 시절에 끼니를 걸러 가면서도 가족과 자식을 먹였고, 꿈도 만들어 이루었다. 오늘의 대한민국은 자기밖에 모르고 고집불통에 막무가내인 꼰대들이 만들었다. 어쩌면 그 막무가내 꼰대들이 이번에도 자식을 위해 자신의 밥줄을 내어놓을지 모른다. 진짜로. 그럼에도 청년들은 그딴 것에 관심 없고, 또 우리가 그걸 왜 알아야 하냐고 항변한다. 청년들은 '이생망'이니, 'n포세대'니 하면서 희망도 없고, 꿈꿀 수 없다고 불평한다. 꼰대 세대인 부모들은 자식들을 보면서 안쓰러워한다.

나도 부모로서 안타까운 마음이다. 그러다가도 가끔 부아가 나기도 한다. 그래서 어쩌라고? 네 꿈은 네가 찾고 네가 만들어야 하는 것 아니니? 너희들 공정 좋아하잖니? 기울어진 운동장 탓하지 말고, 스스로 바로 세워야 하는 것 아니니? 너희들의 문제가 국민소득 65달러 때보다, 1,000달러 때보다 더 심각한 문제야? 왜 너희들이 해야 할 일을 왜 우리 탓으로 돌리고 세상 탓으로 돌리는 거니? 지금 제정신이니?

원래 꿈이란 현재 상황과 조건에서 내가 찾고, 내가 만들어서, 내가 이루는 것이다. 아프리카에서는 아프리카에서 꿀 수 있는 꿈을 꾸고, 미국에서는 미국에서 꿀 수 있는 꿈을 꾸면 된다. 한국에 있으면서 미국에서 꿀 수 있는 꿈을 이루고 싶으면 미국으로 가야 한다. 비행기 표가 없다고? 그건 알아서 마련해라. 꿈에 내가 맞추는 것이지, 꿈이 나에게 맞추어 주지 않는다. 꿈은 답답하지 않으니까.

만약 스티브 잡스가 한국 사람이었다면 창의적인 사람으로 인정받았겠느냐고 말하는 사람들이 많다. 나는 분명하게 말한다. 그는 한국에서도 충분히 창의적인 사람이 되었을 것이다. 이유는 간단하다. 창의적이거나 훌륭한 사람들의 공통점은 주어진 환경이나 조건을 극복한 사람들이었고, 문제의 원인과 결과를 자신으로부터 출발한 사람들이었다. 그들은 세상의 환경과 조건이 자신에게 맞춰주지 않는다고 징징거리지 않았다. 실패한 자들은 언제나 남 탓이나 하면서 투덜거리다가 실패했다.

청년의 당대표 당선(2021, 이준석)으로 청년들이 대한민국 정치개혁의 주역으로 부상했다. 멍석은 깔렸다. 이제 춤만 제대로 추면 된다. 정말 어렵게 온 기회다. 잘 살려야 한다. 세상 탓하면서 징징거리지 마라. 징징거리면, 꼰대들은 그 틈을 타서 빼앗겼던 주도권을 다시 회수하려 할 것이다. 그들은 아직 주도권을 넘겨줄 생각이 없다. 우물쭈물 어쩌다가 창촐 간에 뺏긴 것이다. 틈만 보이면 바로 뺏으려 할 것이다. 그러니 대충하다가 다시 뺏기지 말았으면 좋겠다. 진심이다.

청년이 주도권을 잡든, 꼰대가 주도권을 잡든 세상은 별 탈 없이 굴러간다. 청년들이 꿈을 이루든 이루지 못하든, 인생을 포기하든 말든 세상은 관심이 없다. 천지불인(天地不仁). 세상은 인자하지 않기 때문이다. 그냥 그렇게 지나간다. 잊지 마라. 대한민국 꼰대들이 우습게 보여도 65달러짜리 나라를 30,000달러로 만든 주역이다. 무려 460배 성장이다. 만만한 사람들이 아니다. 지금까지 인류 역사에서 한 번도 기성세대들이 다음 세대에게 순순히 주도권을 넘겨준 적은 없었다. 모든 주도권은 빼앗겼지, 넘겨주지 않았다. 빼앗았지, 넘겨받지 않았다. 정신 차려라.

정치에 무관심한 사람은,

정치에 무관심한 사람은, 자기 인생에 무책임한 사람이다. 자식을 사랑하지 않는 사람이다. 내가 정치에 관심 가지지 않으면 자식이 불행해지므로. 정치에 무관심한 사람은 자신의 미래까지 포기하는 사람이다. 아무리 '나는 정치에 관심 없다'고 발버둥 쳐도 인간은 태어난 그 순간부터 정치적이기 때문이다. 사람은 정치를 떠나서는 살 수 없다. 싫든 좋든 정치는 내 코앞에서 알짱거리고 있다. 정치에 속든 안 속든 오롯이 나의 선택이다.

선택이란 포기하는 것이다. 내 앞에 10가지의 선택지가 있다고 할 때, 그중 한 가지를 선택하면 나머지 9가지를 포기해야 한다. 어떤 선택도 둘 다 선택할 수는 없다. 노자 1장 첫 문장이 도가도비상도(道可道非常道)다. 도를 도라 하면 그 도는 항상 말하는 도가 아니라는 말이다. 어렵다. 선택과 포기의 측면에서 보면 쉬워진다. 어떤 사람을 '대통령'이라고 부르면, 그 사람의 '남편·아버지·아들·친구·선배·후배' 등의 역할은 사라진다. 물론 업무를 마치고 집에 도착하여 남편이 되면 대통령은 사라진다. 대통령과 남편을 동시에 할 수 없다. 모든 선택은 포기를 요구한다.

하지만 정치적인 상황에서는 이상한 조합이 이루어진다. 김구 선생의 "나의 소원은 첫째도, 둘째도, 셋째도 통일"이라는 발언에 '통일에 눈먼 김구는 민생과 경제를 내팽개쳤다'고 공격한다. 소크라테스의 "너 자신을 알라"는 말은 '소크라테스는 국민을 바보 취급하며 반말했다'고 공격할 것이다. 전두환의 '전 재산 29만원'은 '현 정권의 국가 원로 홀대가 극치에 달했다며 코드인사 보훈처장 경질해야 한다'고 우길 것이다. 이런 해괴한 일들은 대한민국에서 매일 일어나고 있다.

2021년 여름 코로나19가 잦아들 무렵 재난지원금 때문에 행정부와 여당 간의 기 싸움이 거셌다. 국가부채 때문에 돈 있는 사람에게까지 지급할 돈은 없다는 기획재정부 장관은 하위 80%에게만 지급하겠다는 것이고, 여당이었던 민주당은 전 국민에게 모두 지급하자는 주장이다. 서로가 나름의 이유가 있을 것이고, 장단점이 있을 것이다. 그 공방을 지켜보면서 장관의 주장이 하나만 알고 둘은 모르는 주장 같은 생각이 들었다. 좀 오버하면 심각한 자기 보신주의로 보였다. 어쨌든 두 가지 관점이 있다.

첫째, 재난지원금은 재난을 당한 사람에게 주어야 한다는 관점이다. 그렇게 보면 부자들은 재난을 당하지 않았으니, 재난지원금을 주어서는 안 된다. 또한 코로나19 이전과 이후 금전적으로 전혀 재난을 당하지 않은 공무원이나 어떤 직장인들도 있다. 오히려 코로나19 상황에서 큰 폭의 상승을 한 기업이나 사람들도 많다. 그들도 대상에서 제외되어야 한다. 상황이 더 나아진 국민도 하위 80%에 속하는 사람이 많다. 만약 하위 80%에게 재난지원금을 지급한다면 재난을 당하지 않은 사람에게도 재난지원금을 지급하게 된다. 이렇게 따져 들어가면 한도 끝도 없다. 그것을 구분하는 것은 불가능에 가깝다. 그것을 구분하는 비용이 훨씬 더 들어갈 것이고, 의미 없는 수고도 더 들어가 재난 지원하려다가 오히려 재난 상황이 발생하게 될 것이다.

둘째, 재난지원금은 재난을 당한 사람에게 지원하는 돈이라기보다 재난으로 인해 망가지고 위축된 시장을 회복시키는 '시장 활성화' 차원이라는 관점이다. 시장(市場)이 무엇인가? 국민의 삶의 터전이 아니던가. 재난지원금은 힘든 사람들 마음도 풀어주고 그들이 예전처럼 희망을 품을 수 있도록 국가와 국민이 함께 상부상조하자는 의미의 지원금이다. 특히 1차 재난지원금 때처럼 각 지역의 지역화폐로 3개월 안에 사용하면 시장은 활성화된다. 1차의 경험치가 이를 말해준다. 더군다나 돈 많은 상위 20%에 속하거나 재난을 당하지 않은 사람들은 지원받은 금액보다 더 쓰면 더 썼지 덜 쓰지 않았다. 재난지원금은 시장에 활기와 생기를 북돋는 기회비용이다.

어느 쪽이 맞을까? 모 국회의원은 하위 80%도 억대 연봉이 넘는다고 말하며 전 국민 재난지원금을 퍼주기 포퓰리즘이라고 반대한다. 반대를 위한 반대가 분명하다. 국민 전체 재난지원금 지급이 시장 활성화를 위한 것임을 그가 모를 리 없기 때문이다. 알면서도 80% 운운하는 것은 국민의 삶의 문제도 자신의 유불리에 따라 왜곡하여 방해하겠다는 심보이다. 전형적인 정치꾼의 모습이다. 서로를 북돋우는 시장 활성화를 애써 외면하고, 재난지원이 필요한 국민을 불쌍한(?) 사람으로 취급하려 했다. 결국 빈약한 논리 때문에 도처에서 욕만 죽도록 먹은 것이다.

결국 88%로 결정이 났다. 그 결정이 '여·야·정'이 기 싸움을 했건, 티격태격을 했건, 주먹질을 했건, 무슨 짓을 했건, 국민에게 더 유리한 쪽이었기를 바랬다. 국민이 편해지면 정치꾼의 무능함도 용서해 줄지도 모르니까. 만약 어떤 선택도 하지 않고 복지부동하여 쪽팔리게 보신주의로 살고자 한다면, 뭐, 할 말 없다. 나는 어떤 선택이든 선택하지 않는 것보다 낫다고 생각한다. 선택하는 순간부터 문제가 분명해지기 때문이다.

'맛집'이 일상화된 시대다

'맛집'이 일상화된 시대다. '맛집'이란, 맛있는 음식을 파는 집이라는 뜻의 순우리말 신조어로, '맛있는 집(가게)'의 줄임말이다. 네이버에 의하면 1987년 무렵부터 사용되었던 것으로 추정된다. 서구에는 맛집이란 개념은 없고 분위기, 서비스, 요리의 시각적 구성, 맛 등의 경험을 중시하는 우수한 음식점이 있다. 미슐랭 가이드(Michelin Guide)가 우리나라 맛집 지도와 비슷한데, 그 기준은 요리에 국한된다. 맛과 영양을 우선으로 고려하는 동아시아권(한·중·일)의 맛집과 비슷하다. 그러나 서구의 우수한 음식점과 한국의 맛집은 비슷하지만, 꽤 다르다. 문화차이이다. 서구인들이 한국의 맛집을 자신들이 아는 맛집인 미슐랭 가이드와 비슷하겠거니 하고 생각하고 찾아갔다가 황당한 경험을 하는 경우가 많다고 한다. 그들 기준의 맛집과 다르기 때문이다. 특히 시골구석이나 허름한 장소, 그리고 투박한 서비스 등을 만나게 되면 더욱 당황한다.

맛집의 요건은 무엇일까? 사람들은 왜 맛집을 가고, 또 고집하는가? '한결같음' 때문이다. 20년 전 아버지와 함께 갔던 냉면집, 이제 아버지는 안 계시고, 아버지 생각이 나면, 도리 없이 그 냉면집을 찾아간다. 그곳의 냉면 맛은 지금도 그때 그 맛이다. 음식 맛이 같으니 그때 함께 냉면을 먹었던 돌아가신 아버지를 만날 수 있다. 우리나라의 오래된 맛집들은 대부분 이런 추억을 일깨운다.

내가 자주 가는 칼국수 집이 있었다. 그 집은 언제 가도 맛이 한결같았다. 면발의 탱탱함, 담백한 국물 맛이 몇 번을 먹어도 처음 먹는 듯 맛있었다. 집사람과 함께 한 달에 두세 번은 다녔다. 칼국수에 왕만두를 넣은 것을 '칼만'이라 부르는데, 그 집에서 직접 만든 만두도 맛있고 칼국수도 맛있다. 곁들여 나오는 생김치도 언제나 먹기 좋게 간이 적당하다.

그런데 얼마 전 사고가 났다. 여느 때와 마찬가지로 집사람과 함께 칼국수를 먹으러 갔다. 가격이 20%나 올랐지만, 물가가 올랐으니 그럴만하다고 생각했다. 우리는 '칼만'을 시켰고, 음식이 나왔다. 그런데, 집사람이 칼국수를 먹지 못했다. 원래 집사람은 이 집 칼국수를 바닥까지 아주 잘 비우던 사람이었다. 왜 그러느냐고 물으니 '맛이 변했다'고 한다. 간도 짜졌고, 누릿하고 역한 고기 냄새도 난다고 했고, 면도 바뀌었다고 한다. 나 역시 맛이 변했음을 알았다. 그러면서 '왜, 이렇게 맛이 변했지?' 하며 주방을 확인했다. 주방장은 바뀌지 않았다. 그런데 왜? 결국 집사람은 칼국수를 반도 못 먹고 젓가락을 놓았다. 그래도 나는 거의 다 먹었다. 우겨넣었다고 하는 편이 더 맞을 것이다. 그날 우리는 단골 맛집 하나를 잃었다.

우리나라의 맛집은 몇십 년, 몇 년 만에 방문해도 그때 그 맛을 볼 수 있는 곳이다. 또 자주 먹어도 맛이 들죽날죽 하지 않는 곳이다. 음식도 한결같아야겠지만, 그 집 특유의 거칠고 투박한 서비스도 한결같아야 하는 곳이다. 욕쟁이 할머니 집이 유명한 맛집이 되는 이유다. 음식 맛과 서비스가 한결같으면 그곳은 오래전 음식을 함께 먹으러 갔던 아버지나 어머니, 친구들, 선배와 후배들을 만날 수 있는 추억의 장소가 된다. 한결같은 음식 맛은 아버지와의 추억의 맛도 되고, 친구와의 우정의 맛도 되고, 아내와의 행복한 맛도 된다. 우리에게 맛집이란 언제든 그때 그 맛, 그때 그 추억을 소환할 수 있는 타임머신 같은 곳이다.

요즘엔 이런저런 이유로 사람들이 맛집만 골라 찾아다니니, 못된 맛집도 생겼다. 어떤 맛집은 상시 인터넷을 감시하다가, 악플이 올라오면 그 즉시 댓글 단 사람을 명예훼손 및 업무방해로 포털에 신고하거나 고소해 버린다. 고소를 당하면 경찰서에 불려 가 조사를 받아야 하니 보통 사람으로서는 상당한 스트레스를 받게 된다. 그러니 사람들은 그냥 넘어간다. 관광지, 유원지 등의 유명 맛집들이 이런 짓을 잘한다. 그렇게 평가 리뷰에 좋은 것만 남겨두어 진짜 맛집처럼 위장된 맛집들은 나름대로 성업 중이다. 이런 못된 부류들은 사기는 자기가 치면서 상대방을 사기죄로 고소하는 것을 장기로 삼는 자들이다. 옛날이나 지금이나 나쁜 놈들은 철저하고 지독하게 성실하다.

법을 악용하는 맛집의 행태는 한국 사회에 일상이 되어 모든 분야에서 일어난다. 특히 정치판에서 더 심하게 나타난다. 그들은 자신에게는 관대하고, 남에게는 엄격하게 대하니 무서울 따름이다. 공부꽤 해서, 권력을 잡은 것들은 거창한 꿈을 말한다. 이 세상 구석구석을 맛집으로 만들어 사람들이 즐겨 찾을 수 있게 하겠다는 꿈이다. 그 말이 허풍인 이유는 진심은 없고 겉만 달콤하게 당의정을 칠하기 때문이다. 그 당의정마저도 어떤 때는 너무 달고 어떤 때는 너무 싱거우니, 종잡을 수가 없다. 결국 그들이 약속한 맛집은 허울뿐인 맛집이다. 국민에게 맛집을 만들어 주겠다는 정치인의 약속이 믿음을 얻기 위해서는 시작의 거창함을 마무리까지 신중하게 지킬 때 가능하다. 얄팍한 당의정이 아니라, 진심의 진정성을 느낄 수 있는 한결같은 그런 정치, 기대할 수 없는 것인가?

2024년, 총선이 끝났다

 4.10 총선이 끝났다. 압승한 야당이나 완패한 여당이나 변화는 불가피하다. 압승한 야당은 이제 어떻게 민의에 부응할 것인지, 완패한 여당은 무엇을 고쳐서 민의를 수용해야 할지 검토해야 한다. 여든 야든 민심을 반영하기 위해 자신들의 초심(初心)으로 돌아가 되새겨야 할 것이다. 우리가 초심으로 돌아가야 한다고 말할 때는 현재 하는 일이 마음 먹은 대로 잘 진행되지 않거나 문제가 생겼을 때다. 물론 기대 이상의 효과를 거두었을 때도 마찬가지다. 어떤 경우든 초심이 얼마나 지켜지고 있는지, 또 얼마나 변질됐는지, 각자 상황에 맞게 점검해야 한다. 선거 결과는 변심의 정도를 성찰할 수 있는 훌륭한 잣대가 된다. 대부분의 초심은 선하고 정의롭다. 심지어 아름답기까지 하다. 양심에 근거하기 때문이다.

 양심(良心)이란 말은 『맹자』에서 처음 등장한다. 맹자는 인간이 본래 갖고 있는 인의(仁義)를 양심이라 했다. 양심은 '본래'와 '선한' 두 마음이 하나가 된 것이다. 즉 생각해 보지 않아도 잘 아는 양지(良知)와 배우지 않아도 잘할 수 있는 양능(良能)의 마음이다. 가령, 사람이라면 어린아이라도 그 부모를 사랑할 줄 모르는 자가 없으며, 성장해서는 형제간에 서로 우애할 줄 아는 당연한 마음이다. 심즉리(心卽理)와 지행합일(知行合一)을 주장하는 양명학의 창시자 왕수인이 말하는 양심도 사람이 태어날 때부터 갖고 나오는 진심을 말한다. 결국 양명의 진심(양심), 맹자의 측은지심(惻隱之心), 공자의 어짊(仁)은 같은 말이다.

초심을 점검할 때는 자기 안에 있는 사심(私心)에 휘둘리지 말아야 한다. 이른바 6가지(六根) 도둑놈 심보를 경계해야 한다. ① 예쁜 것만 보려는 '눈(眼)'이라는 도둑놈 ② 자신에게 좋은 소리만 들으려는 '귀(耳)'라는 도둑놈 ③ 좋은 냄새만 맡으려는 '코(鼻)'라는 도둑놈 ④ 맛있는 것만 처먹으려는 '입(舌)'이라는 도둑놈 ⑤ 쾌감만 얻으려는 '육신(身)'이라는 도둑놈 그리고 ⑥ 명예와 권력에 집착하려는 '생각(義)'이라는 도둑놈이다. 이 여섯 도둑을 여하히 잘 다스려 처음 마음을 성찰해야 더 나은 변화와 혁신으로 나아갈 수 있다. 그러나 "어른들은 누구나 처음엔 어린이였지만, 그것을 기억하는 어른은 별로 없다"는 생텍쥐페리의 말처럼 초심을 기억하는 사람은 별로 없다. 지키는 사람은 더더욱 없다. 양심을 잊었기 때문이다.

어쨌든 양심을 토대로 초심이 만들어진다. 사람들은 처음에는 잘 하려고 노력하다가도 마지막엔 나태해지기 마련이다. 이때 마지막까지 처음처럼 하고자 하는 마음이 초심이다. 또한 공평하고 올바르기 위한 공정한 초심을 위해서는 자신이 남에게 주는 것보다 더 많은 것을 남에게 받지 않아야 한다. 그러므로 공정함을 유지하기 위해, 평소에 자기가 얻는 것보다 많은 것을 남에게 주려고 노력해야 한다. 양심은 오직 인간만이 갖고 있는 고유한 특성으로, 귀한 사람과 천한 사람, 성인(聖人)과 어리석은 사람을 불문하고 모든 사람에게 있지만, 짐승에겐 양심이 없다.

1,000명의 사람이 있다고 할 때, 그중 100명이 초심을 지키려고 생각은 하고, 그중 10명이 행동으로 옮기고, 최종적으로 1명이 초심을 꾸준히 지켜가는 데 성공한다. 그만큼 초심을 지속하기는 어렵다. 초심을 지키는 것이 혁신과 변화의 가장 중요한 요소가 되는 이유다. 혁신이 번갯불에 콩 볶아먹듯 순식간에 일어나는 것처럼 보인다고 해서 느닷없이 생겨나는 것은 아니다. 꾸준한 초심이 어느 날 일거에 터져 나온 것뿐이다. 결코 좌고우면(左顧右眄)해서는 불가능하다. 협치라는 아름다운(?) 말로는 더더욱 공허해진다. 대부분의 협치가 야합으로 변질되어 끝나는 경우가 많았기 때문이다.

우리가 위대하다고 부르는 혁신가들은 결코 남의 이론, 남의 의견, 남의 관점 뒤에 숨지 않았다. 자신의 초심(original intention)에 맞게 말하고 행동했다. 우리가 흔히 어떤 문제해결이 독창적(originality)으로 이루어졌다고 찬사를 보낼 때는 문제의 본래(original) 의도가 고스란히 담겨있을 때다. 혁신도 변화도 초심이 만든다. 그래서 초심은 내가 '하고 싶은 말'이 아니라, 문제해결을 위해 '꼭 해야 하는 말'이어야 한다.

그렇게 보면 위대한 혁신가라 불리는 사람들은 자신이 해야 할 말이 무엇인지 분명히 알고, 해야 할 행동을 가열 차게 실천한 사람이다. '알아야 아랫사람을 부릴 수 있다'는 속담처럼, 자신은 잘 모르면서 전문가에게 일을 맡기면 앞에서는 머리를 조아려도, 돌아서서는 자기 욕심을 채우기에 바쁘다. 망한다. '해야 하는 일'이 무엇인지 모르면 지도자가 될 수 없다. 보통 사람들은 어떤 때는 초심을 지키고, 어떤 때는 못 지킨다. 괜찮다. 모든 사람이 그렇게 사니까. 하지만 번번이 안다고 말하면서 행동은 언제나 거꾸로 하는 자라면 양심이 없는 것이니 짐승보다 못한 인간이다.

코로나19가 한창이던
2020년 여름이었다

코로나19가 한창이던 2020년 여름이었다. 면대면 소통에서 비대면 소통으로 일상이 바뀌면서, 온라인 소통으로 우리 일터가 바뀌고 있었다. 일터에서 온라인 소통의 특징은 문제에 집중하고 문제를 해결하는 것이다. 객쩍은 농담이나 잡담이 없다. 그러다 보니 재택근무, 재택회의, 재택수업, 재택강의 등에서 각자의 능력이 명확하게 드러나게 되었다. 그동안 문제 주변에서 얼찡거리며 대충대충 설렁설렁 물타기로 일관하던 사람들이 숨을 곳이 없어진 것이다. 제대로 알지 못하면 할 말이 없어지게 되었고, 설사 안다고 하더라도 소통 능력이 부족하면 낭패를 당할 수밖에 없게 되었다. 비대면 소통은 소통 능력이 업무능력을 좌우하게 되었다. 코로나19가 만든 새로운 시대의 새로운 문법이다.

소통은 생각을 교환하는 것이다. 내 생각을 상대에게, 상대의 생각을 나에게. 소통은 상대방의 의도를 파악하고, 나의 의도를 전달하기 위한 것이기도 하다.

만약 지금 당신이 '대박' 아이디어를 갖고 있는데, 투자자에게 투자설명회를 해야 한다고 가정해 보자. 어떻게 설명하겠는가? 그것도 온라인으로. 아마도 당신은 그 아이디어가 얼마나 대단한지 설명하려고 애쓸 것이다. 당연히 그 아이디어는 기존의 상식을 뒤집고, 변형시키고, 새로운 관점을 제공하는 새로운 발상이기 때문에 분명 '대박'을 칠 것이라고 말할 것이다. 그런데, 투자자가 당신의 열변을 듣고도 시큰둥하다면? 그리고 가버린다면? 낭패다. 이 경우 투자자를 탓할 수 있을까? 없다. 투자자는 잘못이 없다. 당신이 문제다. 당신은 당신의 아이디어가 대단한 아이디어임을 증명하기 위해 투자자가 모르는 어려운 전문용어로 대박 아이디어를 설명하는데 열을 올렸을지도 모른다. 그러나 투자자는 자신의 이익에만 관심이 있지 대박 아이디어엔 관심이 없다. 이익이 없다고 생각하면 그냥 떠나버린다. 소통에 실패한 것이다. 당신의 실패는 상식으로 소통하지 않았기 때문이다. 뭐라고? 상식 때문이라고?

기존의 상식을 깬 당신의 대박 아이디어는 당신에겐 너무 쉽다. 당신은 아이디어 속에 담긴 새롭고 복잡 미묘한 상황과 프로세스와 원리까지 훤히 꿰뚫고 있기 때문이다. 하지만 당신의 아이디어는 기존의 상식을 깬 것이므로 상대방에겐 생소하거나 엉뚱하게 들릴 가능성이 높다. 대박 아이디어도 상대방이 몰라주면, 애초에 없었던 것이나 다름없다. 당신의 수고가 물거품이 되는 순간이다. 어이쿠!

대부분 상식으로 소통하지 않았기 때문에 실패한다. 여기서 말하는 '상식'은 교양인이라면 누구나 당연히 알아야 할 지식을 말하는 것이 아니다. 상식은 인간의 공감을 부르는 인간 공통의 논리다. 즉 상식은 나도 알고 상대방도 아는 지식이다. '서로 아는' 것이다. 서로 안다는 것은 서로가 공감할 수 있다는 것을 보장한다. 서로 잘 아는 말로 소통한다면, 어려운 전문용어도 쉽게 전달된다. 그 분야의 전문가끼리 대화한다면 법률용어도, 경제용어도, 건설용어도 상식이 된다. 쉬운 말이건, 어려운 전문용어건, 어떤 말이건, 서로 잘 아는 말로 소통한다면 현재의 비대면 상황에서의 소통에서도 쉽고, 분명하고, 오해 없는 소통이 가능하다. 물론 대면 상황에서도 마찬가지다. 잊지 마시라.

오래된 시바스 리갈 광고 중에 '주인과 손님' 편(1975) 광고가 있다. 광고의 비주얼은 시바스 리갈 술병이다. 그 술병 속에는 술이 딱 절반쯤 담겨있는 평범한 비주얼이다. 헤드라인을 읽어보면 주인과 손님의 속마음이 확 드러난다. "주인이 보기에는 반병밖에 안 남았고, 손님이 보면 반병이나 남았군.(To the host it's half empty. To the guest it's half full)"이라는 내용이다. 친구를 대접하는 주인은 귀한 술이 이제 반병밖에 남지 않아 아깝다고 생각할 것이고, 술을 얻어먹는 친구는 아직 반병이나 남아있으니 아직 충분히 술을 즐길 수 있다고 생각할 것이라는 뜻이다. 만약 술을 파는 술집 주인이라면 술이 반밖에 남지 않았으니 금방 또 한 병을 더 팔 수 있으니 좋고, 손님이라면 아직 반이나 남아있으니 충분히 즐길 수 있으니 여유롭다고 생각할 것이다. 이렇듯 주인과 손님의 입장에 따라 같은 상황을 놓고도 정반대의 해석이 펼쳐진다. 소통에서 이 차이를 인식하는 것이 오해와 갈등을 해소하는 핵심 요인이다.

일견사수(一見四水)라는 말도 있다. 물 하나에 대해서도 입장에 따라 네 가지 견해가 있을 수 있다는 뜻으로, 사람은 물을 물로 인식하지만, 물고기는 자기가 사는 집으로, 천상에서는 수정으로, 아귀는 피고름으로 본다고 한다. 같은 사물(말)도 각자가 처한 상황과 입장에 따라 서로 다른 견해를 가지기 때문에 오해도 생기고 갈등도 생긴다. 상대방의 욕구(욕망)에 주목하는 것이 얼마나 어려운지, 왜 상식으로 소통해야 하는지 그 중요성을 일깨워 주는 말이다.

코로나19 이후 새로운 문법의 소통이 이루어지고 있다. 비록 마스크는 벗었지만, 코로나19 이전과 이후는 달라도 너무 다르다. 그래서 사람들은 불안하다. 그 불안한 사람들이 진정으로 원하는 것은 자기의 말을 들어주고, 자신을 존중해 주며, 이해해 주는 것이다. 상식은 나도 알고 상대방도 아는 것이다. 상식의 소통은 내가 하고 싶은 이야기가 아니라 상대방이 듣고 싶은 이야기에 주목하는 것이다. 나도 알고 상대방도 아는 내용과 말로, 상대방의 이야기에 주목하는 상식의 소통은 공감의 소통이 된다. 상대방의 속마음을 툭툭 건드리기 때문이다. 대박!

촛불혁명에
찬사를 보낸 광고가 있다

촛불혁명에 찬사를 보낸 광고가 있다. 세계 광고계에서 창의적인 광고의 모범으로 인정받는 '앱솔루트 보드카' 광고다. 아이디어는 간단하다. 1981년부터 지금까지 보드카 병 모양 하나만으로 광고를 해오고 있다. 그중 세계의 도시들을 모티브로 한 광고는 특히 인기를 끌었다. 2003년에는 서울도 방패연을 이미지로 사용하여 '앱솔루트 서울(ABSOLUT SEOUL)'이라는 광고로 제작되었다. 2016년에 앱솔루트는 도시가 아닌 'KOREA'를 광고 소재로 삼았다. 특별판이다. '촛불혁명'을 소재로 삼은 것이다. 이는 대한민국의 촛불혁명을 세계 민주주의의 상징으로 인정한다는 증거이기도 했다.

광고의 중심 이미지는 광화문 광장을 가득 메운 촛불들이 모여 앱솔루트의 병 모양으로 형상화된 것이다. 헤드라인은 "앱솔루트 코리아(ABSOLUT KOREA)"이고, 헤드라인 아래에 "미래는 당신들이 만들어 갑니다(The future is yours to create)"라는 서브 헤드가 놓여있다. 바로 대한민국의 촛불 시민들이 미래를 만들어 간다는 뜻이다. 이어서 오른쪽 밑에 "책임감을 갖고 누려라(Enjoy Responsibly)."라는 메시지로 끝난다. 즉, 광고를 보는 촛불 시민들에게는 응원의 메시지를 보내고, 세계의 독자들에게는 대한민국의 성숙한 민주주의를 본받으라고 웅변하는 듯하다. 당신들의 민주주의는 당신 스스로 지켜야 하니까. 이 광고는 대규모 촛불 시민이 이루어 낸 대한민국의 정치적 변화뿐만 아니라 세계 민주주의의 미래를 보여주었다는 평가를 받으며, 대한민국이 세계에서 가장 민주주의를 잘하는 나라임을 확인시켰다. 나는 이 광고를 앱솔루트가 대한민국에 보내는 무한한 헌사로 읽었다. 뿌듯했다.

옳은 일을 하려면 옳은 일이 무엇인지 알아야 한다. 이성은 옳은 일을 할 수 있는 우리의 능력에 크게 도움을 준다. 아리스토텔레스는 '이성이 부족하면 선택의 폭이 좁아지고 결국 지혜가 부족하게 된다.'고 했다. 여기서 이성은 생각과 같은 것이다. 생각은 우리가 살아가는 세상의 사실에 대해 보다 정확하게 알게 하여 캄캄한 어둠 속에서도 길을 찾을 수 있는 도덕적 잣대를 갖게 하는 뿌리이다. 만약 나의 자유를 지키기를 원한다면, 나는 정신 차려서 문제를 진지하게 이성적으로 생각해야 한다. 이성은 개인이 옳은 일을 하는 데

필수적일 뿐 아니라 자유의 열쇠이기 때문이다. 오늘날 발생하는 대부분의 잘못된 문제들은 나쁜 의도보다는 생각 부족이 원인이 된다. 생각의 부족은 도덕적 해이를 낳고 정직과 진실을 외면하게 만든다.

생각의 부족이 확증편향을 부른다. 기술의 발달도 한몫했다. 인터넷 알고리즘이 그렇게 만들었고, 이제는 챗GPT까지 가세한다. 앞으로 가짜뉴스는 지속적으로 양산될 것이다. 챗GPT에게 질문하면 프로그램상 이것은 절대로 '모른다'고 대답하지 못한다. 질문에 답하기 어려울 때는 그럴싸한 내용으로 꾸며서 대답한다. 얼핏 보면 맞는 답 같기도 한데 실상은 가짜다. 가짜뉴스의 진원지가 될 수도 있다. 이제 사람은 기술이 하는 거짓말을 가려내기 어려워졌다. 다음과 같은 그럴싸한 거짓말을 해도 속절없이 당해야 할지도 모른다.

집에 도둑이 들었다. 그 도둑은 잡혔고 증거도 충분하다. 사람들이 그 도둑을 비난한다. 그런데 챗GPT는 희한한 해명을 내놓는다. 도둑님의 입장도 이해해야 한다고 말하는 것이다. 도둑님께서 오죽했으면 남의 물건을 훔치는 도둑질을 하려고 마음먹게 되었겠느냐며 그 도둑의 입장을 어루만져 주어야 하는 것 아니냐고 핀잔을 준다. 인문적 차원에서 그를 이해해야 한다고 말하는 것이다. 졸지에 피해자는 가해자가 되고 가해자가 피해자로 둔갑하는 어처구니없는 상황이 전개된다. 그것도 매우 진지하게. 이성적 생각이 필요한 지점이다.

칼 포퍼는 '열린사회와 그 적들(1945)'에서 무결점의 이상사회는 만들 수 없다고 단언한다. 실제로 불가능하다. 지상에서 천국을 만들려는 시도는 늘 지옥을 만들어 냈기 때문이다. 전체주의가 그것이다. 무결점 사회를 주장하는 자, 바로 그가 나쁜 자이다. 열린사회는 비판을 수용하고, 개인이 주체이며, 약자를 보호하는 자유민주주의 사회이다. 열린사회는 어제보다 더 나은 내일을 지향한다. 그러기 위해 인간의 오류를 최소화할 수 있는 사회이다. 무결점의 사회가 아니라 현재 사회 속에 있는 구체적인 악을 제거하는 노력을 기울이는 것이다. 그 열린사회를 만드는 힘을 우리 대중들은 갖고 있다. 생각의 부족을 막기 위해 이성적으로 생각하여 현실을 정확하게 알아야 할 일이다. 나의 자유를 위하여.

김규철 Kim Kyu-Cheul

현 서원대학교 광고홍보학과 교수(1998~현재)
국민대학교 시각디자인학과 동 대학원 디자인학 박사
제일기획 크리에이티브팀 근무(GD·AD·CD, 1982~1998)

저서

『효과적인 아이디어 발상법: I CAN DO』(학지사비즈, 2023)

『우리의 삶과 예술』(공저, 동양예술학회, 활자공간, 2023)

『디지털 시대의 광고 크리에이티브』(공저, 학지사, 2020)

『사랑한다면 따귀를 때려라: 아들과 친구와 벗과 나누고 싶은 이야기』
(나노미디어, 2014)

『대한민국 공공디자인 왜 문화정체성인가』(미세움, 2014)

『광고 창작 기본』(서울미디어, 2013 / 광고 크리에이티브 2000 개정증보판)

『제일기획 출신 교수들이 쓴 광고·홍보 실무 특강』(공저, 커뮤니케이션북스, 2007)

『생각 있는 광고이야기(광고 에세이)』(이퍼블릭 코리아, 2006)

hohoqc@hanmail.net

나는 좋은 어른이 되고 싶다
Dreaming of a better me

초판 1쇄 인쇄	2024년 6월 10일
초판 1쇄 발행	2024년 6월 20일

지은이	김규철
펴낸이	최종숙

편집	이태곤 권분옥 임애정 강윤경
디자인	안혜진 최선주
기획/마케팅	박태훈 한주영

주소	서울시 서초구 동광로46길 6-6 문창빌딩 2층(우06589)
전화	02-3409-2055(대표), 2058(영업), 2060(편집)
팩스	02-3409-2059
전자우편	geulnurim2005@daum.net
홈페이지	www.geulnurim.co.kr
블로그	blog.naver.com/geulnurim
북트레블러	post.naver.com/geulnurim
등록번호	제303-2005-000038호.(2005. 10. 5)

ISBN   978-89-6327-739-4 03810